ルイス・キャロル（1832-1898）　Lewis Carroll（1832-1898）

ヘンリー・パリー・リドゥン（1829-1890）
ナショナル・ポートレート・ギャラリ

Henry Parry Liddon D.D.（1829-1890）
The National Portrait Gallery

ロシア正教大主教 ワシーリ・ミハエロヴィッチ・ドロツロフ・フィラレート（1782-1867）
Vassily Mikhailovich Drozrov Philaret (1782-1867)

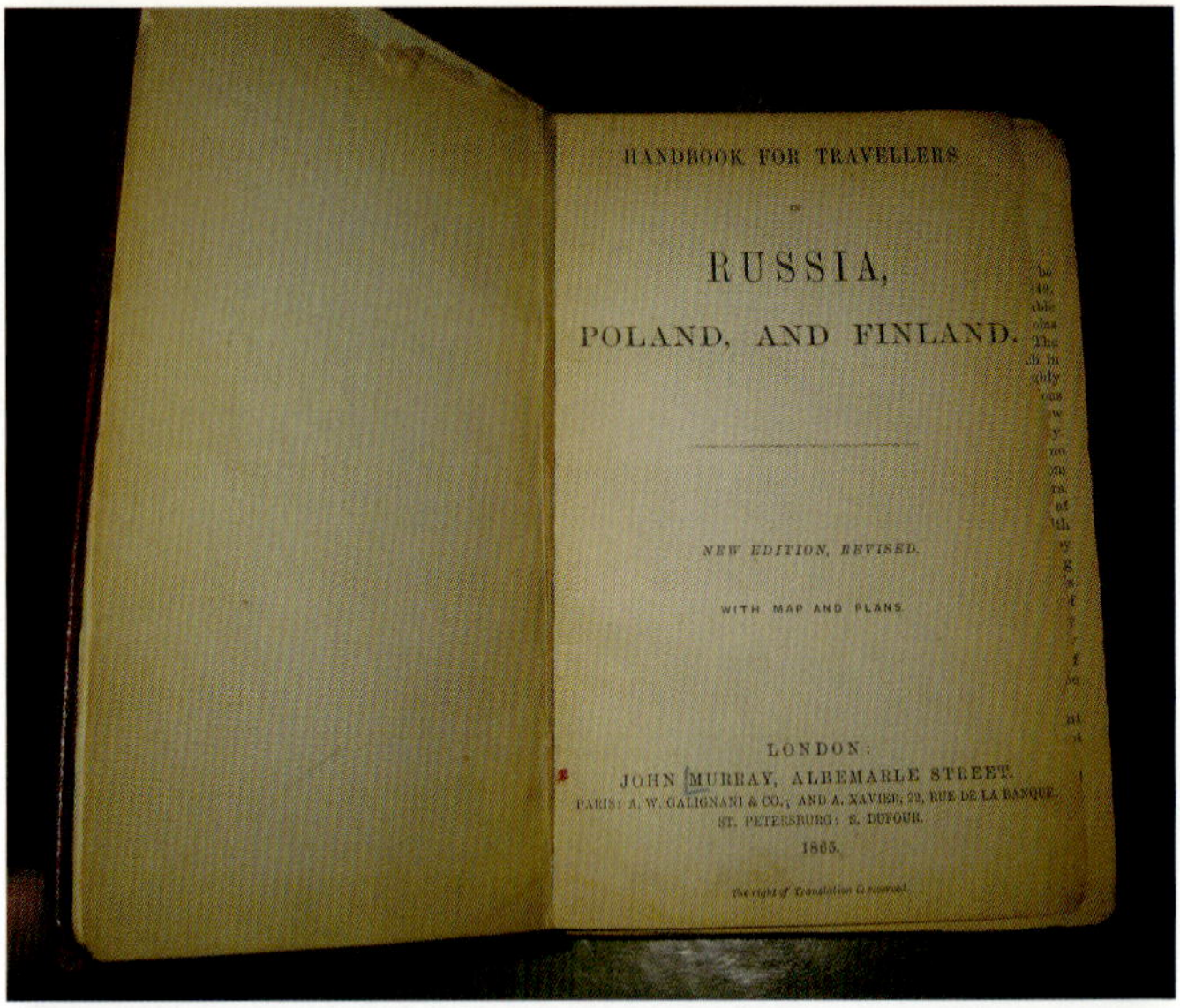

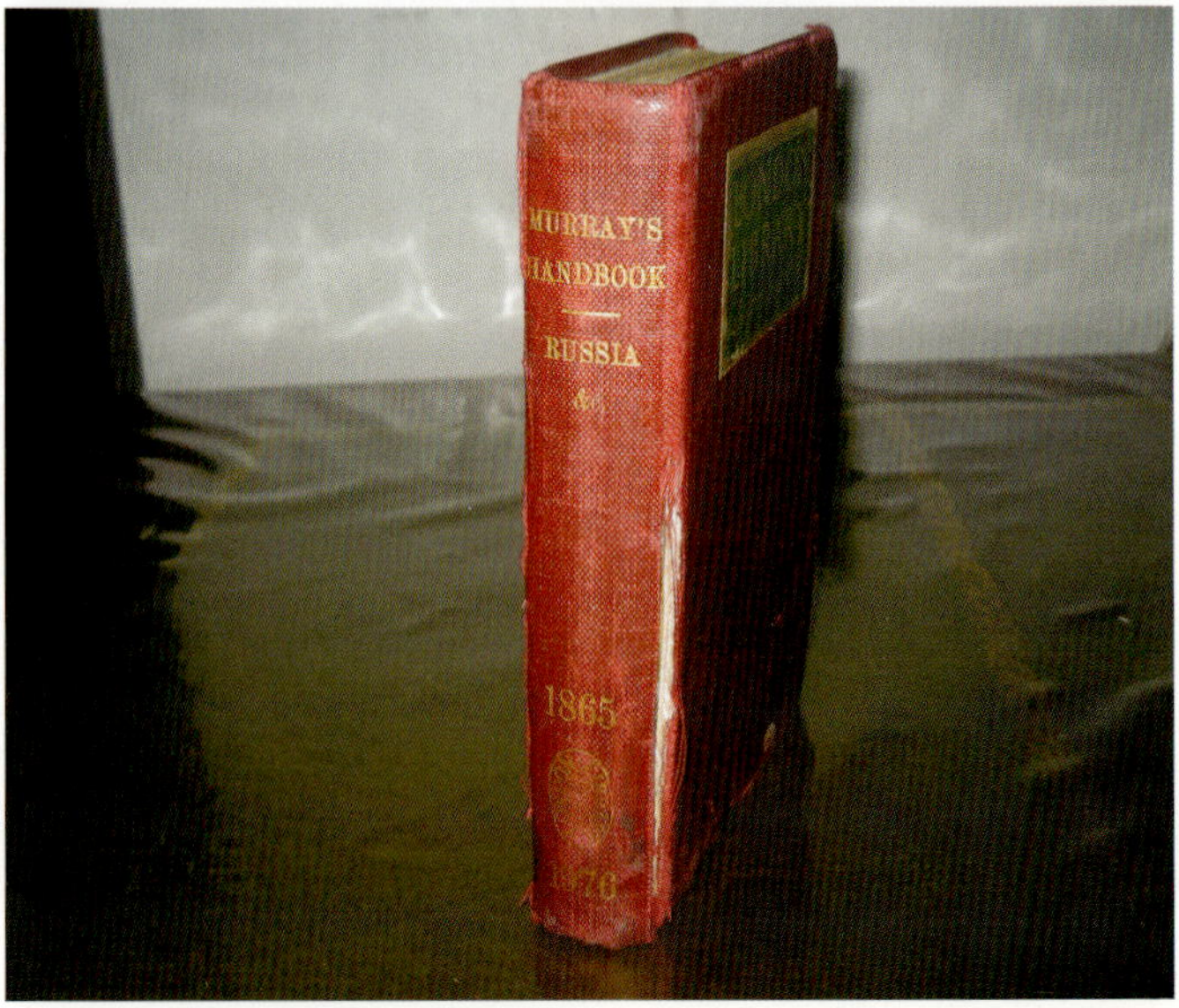

ジョン・マレーの『旅行者用案内書』1865年　　ロンドン・ライブラリ

Murray's Handbook for Travellers in Russia, Poland, and Finland 1865.
The London Library

不思議の国 ルイス・キャロルのロシア旅行記

ルイス・キャロル
笠井勝子 訳

開文社出版

序にかえて

『ロシア旅行記』とリドゥン

ロシアへ行く！　ルイス・キャロル自身が驚いているロシア行きは、『不思議の国のアリス』を出版して一年半程のちの一八六七年のことでした。その年フランスでは万国博覧会が開催されていたため、新しいもの珍しいものの好きなキャロルはパリへ見物に行くつもりで、「フランス語のレッスンに通って四回目になる」と日記に書いていますが、まだロシアへ行く話はなにもない様子でした。出発の前日になりパスポートが届いたことと「今までに英国から出たことのない者が外国へ、それもロシアへ行くのだ！」と記して、わくわくした気持が日記のなかにのぞいています。

行き先がロシアというのは、旅行に声を掛けてくれた友人ヘンリー・パリー・リドゥンの予定によるもので、キャロルはいわばお供の旅行でした。それにしても外国へ行くのに胸躍るものがあることは今も昔も変わりなく、『不思議の国のアリス』の作者が、習慣は異なりことばは通じない国で経験することをどのように書いていたのでしょうか。

出発の日は、ちょうどトルコの皇帝が初めて英国を訪れたときで、翌日のタイムズ紙は国民の熱烈な歓迎を紹介しています。気持の弾んだキャロルは、皇帝と自分とを同格に扱う口振りで旅行記を書き出し、その気分はドーバーに泊まった翌朝の食事の描写にも表れ、さらに旅行記全体の調子となり続いていくようです。リドゥンも日記を付けていましたが既に外国へ行く経験を重ねていたので大方は気に留めていないことでした。キャロルの方は些細な事も見逃さず筆を揮っているところから、この機会を並々ならず喜んでいた様子にみえます。

旅行記は日記の形式をとっていました。キャロルは二十一歳の頃に一冊目の日記を書いていて、亡くなる前には合わせて十三冊になりました。現在残っている九冊は、一九六九年にドジスン・ファミリー・エステイトのフィリップ・ドジスン・ジェイクス氏から大英図書館に寄託されました。各冊はいずれも縦長（十八・三×十一・五センチ）の無地のノートで、オクスフォードの文具店W・エムバリンのシールが残っています。

ロシア旅行記も日頃付けている日記と同じ形式の新しいノートで二冊に書かれていました。こちらは現在アメリカのプリンストン大学図書館にあるモリス・パリッシュ・コレクションに入っています。つまり普段の日記は英国で、ロシア旅行の日記は米国の図書館で所蔵され、別々になっています。

キャロル自身が日記の表紙に書いた通し番号からはプリンストンにあるロシア旅行記の二冊は別にして、二冊の表紙には、Ⅰ、Ⅱ、とだけ書いてあります。本文中には一度だけ「筆者」ということばがあることから推測すると、日記の形をとりながら、普段の日記とは異なって家族や友人に読ませるつもりで書いていた様子です。事実、旅行から六年後にはエラ・モニア＝ウィリアムズに貸していたことが手紙からわかっています。またその翌年にはソールズベリ卿セシルの娘グェンドレン・セシルのためにロシア語の一から十の数詞を織り込んだ詩を作っているので、旅行記も貸して読ませていたのだろうと思われます。

旅行に声を掛けてくれたヘンリー・パリー・リドゥン（一八二九―一八九〇）は、オクスフォードのクライスト・チャーチ学寮出身でキャロルの先輩でした。子どもの頃からタイムズ紙に穴を開けて被り、説教の真似事をして遊んでいたという逸話のあるリドゥンは、熱心な福音派の家庭で育ち、大学では十九世紀初めに起きたオクスフォード運動という教会改革運動の指導者キーブルやピュージーの後継者と目されていました。学生時代から外国を旅行する機会に恵まれて、二十三歳の時にはローマへ旅をしました。彼の噂を耳にしていた法王の侍従ジョージ・タルボットは若いリドゥンをピオ九世に謁見させ、カトリックに改宗させようとしました。見事な控えの間をいくつも通り、その奥にある質素な造りの書斎で法王に拝謁した日をリドゥンは「素晴らしい一日」と日記に書きました。二十四歳で国教会の執事となり、教区教会の手伝いをしますが、健康上の理由で一年しか続けられませんでした。教区で初めて説教をしたときから、「若いのに説教は大主教よりも巧い」と評判になりました。二十五歳で司祭の叙階を受けると、オクスフォードに新しくできたカズデンの神学校（司祭試験の予備校）の副校長を五年務めました。その後セント・エドマンドホールの副校長を三年務め、一八六二年にクライスト・チャーチに戻ると、学寮に居室を得て説教に専念することにしました。リドゥンの話が人々を惹きつけた例は他にもありました。エドマンドホールの副校長時代には自室で始めたギリシャ語新約聖書講座に集まる人が部屋に入りきれなくなり、隣のクィーンズ・コレッジのホールに場所を移し、さらにはクライスト・チャーチの大ホールを使用するまでになり、十年間続いたということです。ロシアへ行く頃にはオクスフォード運動の賛同者としては最初の主教となっていたW・K・ハミルトンの頼みで、リドゥンはソールズベリ大聖堂の諮問司祭兼名誉参事会員になっていました。

旅行に出る前年の一八六六年、リドゥンが学生時代から指導を受けていたキーブルが亡くなりました。リドゥン自身はこの年にオクスフォードで毎年八回のシリーズで夏に開かれるバンプトン・レクチャーの神学講義を担当しています。彼の講義、『我らが主であり救い主であるイエス・キリストの神性』は、出版されるとその年に十五刷を重ね、ドイツ語にも翻訳されてヨーロッパやロシアの教会関係者の間にはリドゥンの名前の方が本人よりもひと足早く届いていました。ロシアへ出掛けるひと月前にはリドゥンはバンプトン・レクチャーの改訂をおこない、第二版を印刷に送る準備を進めていて、キャロルも一度は徹夜をして下調べの手伝いができたと喜んでいました。ロシアへの旅行は、リドゥンにとってソールズベリ主教ハミルトンとオクスフォードの主教ウィルバーフォースの勧めにより、紹介状を携えてロシア正教大主教のフィラレートと、非公式ながら教会の一致について話合いをする目的があったようです。キャロルのロシア行きには以上のような背景がありました。

旅行相手がリドゥンだったということは、見学先に美術館や庭園、宮殿、城と共に、教会、聖堂、修道院の多いことを物語っています。旅行中は祭や結婚式も見ていました。田舎に行くと農家の家のなかを覗きました。馬車も使いましたが、またよく歩いています。このときの年齢はキャロルが三十五歳、リドゥンが三十八歳でした。景色を見晴らす高い所があれば上り、教会や大聖堂の一番高い所や、塔の天辺まで上がったことを十回記録しています。ある塔は高さ百メートル、ある塔の段は三八〇段と数えていました。石造りの塔の狭い階段はぐるぐると回り目眩を感じるほどだったようです。快適なホテルもあれば、そうでないホテルもありました。しかし珍しいものに対する好奇心は、あらゆる不便さを凌いでいた様子です。

ふたりは紹介状を持って人を訪ねていきますが、行ってみると先方は休暇で田舎や国外へ出ていて会えないことも少なくありませんでした。そうしたなかで、帰途にペテルブルグで会ったプチャーチン伯爵には、二度にわたりエルミタージュ美術館と宮殿を案内してもらっています。キャロル自身は知らなかったことでしょうが、プチャーチン伯は日本と縁が深く、キャロルのロシア旅行からさかのぼる十三年前の一八五四年に二回日本を訪れて、翌五五年に日露和親条約を締結した人でした。ちょうどそのときには安政の大地震と大津波に遭い、乗ってきた軍艦が沈没し戸田《へだ》の船大工の人々の協力で新しい船を建造してヘダ号と名付けた話は今に伝わります。二〇〇五年にはゆかりの地で百五十周年の記念祭と記念展が催されていました。

リドゥンは旅行に温度計と湿度計を持っていきました。キャロルは旅行用にコマが倒れない工夫をしたチェス盤を持って行きました。旅行のガイドブックには一八六五年版のジョン・マレーの『旅行者用案内書』を持っていきました。ロシア語の辞書、単語集、地図はペテルブルグで手に入れています。

旅行を終えてパリからドーバーへ戻るときには、ちょうどヨーロッパ各地で月食が見られ、闇から再び輝きを取り戻した月の下を二ヶ月ぶりに祖国へ向かう船で、キャロルは出発のときとは異なる旅の終わりの感慨に浸っています。旅行記では、おどけたり、むきになったり、嘆いたりする描写にくわえて細やかな叙景もみられます。

ロシア旅行はキャロルにとって最初で最後の外国行きになりました。旅行の翌年にはイングランドの北部にあるクロフトで牧師をしていた父親が急逝したために、家族はそれまで住んでいた牧師館を引き払い他所へ移ることになり、キャロルは前の年とは打って変わる慌ただしい夏を過ごしました。リドゥンの方も翌年に、ソールズベリ司教ハミルトンが亡くなり、さらに海軍司令官だった父が他界しました。一八六七年のロシア行きは、思えばちょうどよい時期だったようです。バンプトン・レクチャーから一年後に出かけたので、彼の名前を知る人々からは快く迎えられました。ロシアで会談した大主教フィラレートはリドゥンが訪れた三ヶ月後に他界しています。

旅行の翌年にキーブルを記念して創設するコレッジの学寮長になるようにリドゥンは幾度も要請を受けますが固辞しています。一八七〇年にソールズベリ卿セシルが総長就任のためオクスフォードに滞在した折、キャロルはリドゥンの仲介で、学寮の自分の部屋にセシルとその子どもたちを招いて写真を撮っています。その後数年間、キャロルはセシルの館ハットフィールドハウスに招かれてクリスマスや年末年始に泊まりがけで訪れ、リドゥンとその妹のルイーザともよく一緒になりました。

セシルがオクスフォードの総長に就任した翌年にリドゥンはかねてより希望していたセント・ポール大聖堂の聖堂参事会員になりました。このロンドンの大聖堂の説教は、それまでは聖歌隊席のある内陣でこぢんまりとおこなわれていましたが、リドゥンが着任した後は、式典以外には使用したことがない広い本堂でおこなうようになり、大勢の人が話を聞こうと集まりました。こうして国教会の中心である大聖堂を礼拝の場にふさわしく甦らせたいという念願をリドゥンは果たしました。

リドゥンがセント・ポールに着任した年に、キャロルは一番下の妹を連れて大聖堂を訪ねて行くことがありました。リドゥンからは事前に、「自分は出かけているが、もちろん来てくれ」という返事を貰い、キャロルはアーメン・コート三番地を訪れて、リドゥンの妹のルイーザ・アンブローズ夫人から気持のよいもてなしを受け、楽しいひとときを過ごしました。

ロシア旅行以来、ロシアとロシアの教会関係者に対して、リドゥンは理解と信頼を持ち続けていたようです。一八七七―八年にロシアとトルコが開戦し、英国政府はトルコに荷担して海軍を派遣しました。この時リドゥンはロシアに味方する発言を繰返しおこない、保守党政権の有力者ソールズベリ卿セシルに宛てて、また貴族院に列なる司教たちへ宛てて幾度も手紙を送りました。手紙のなかには、リドゥンを国賊として投獄すべきだという記事がペルメル・ガゼット紙に載っている、とも書いていました。

旅行記のなかには英国の国教会にすっかり満足しているキャロルと、キリスト教の教会の和合、一致を目的としているリドゥンの姿もみられます。リドゥンは自分で正しいと確信すれば、批判を受けることは意に介さないところがあり、相容れない考えを持つと思う相手とは、議論を避けるようにもしていました。一方キャロルは、こうと思うと、とことん自分の考えることを相手に伝えようとする人でした。

異なる性格のふたりでしたが、どちらも気心を知る仲間内になると、ユーモラスなことを口にしていたようです。リドゥンの猫好きは学寮の仲間たちの知るところでした。「犬は喜ぶと尻尾を振り、怒ると唸るよ。だけど猫はその逆をするね。だから猫はおかしいのさ。」『不思議の国』の猫はそんなことを言います。学寮の談話室にはよく猫が出入りして、リドゥンをみるとすぐに傍へ寄ってきました。リドゥンは猫の尻尾を、猫の気分計測器と呼んで、「キャットメーター」ということばを造っていました。

引退した学寮長リデルのところから、学寮の談話室に白い猫が送られてきたときに、キャロルは、「リドゥンがいたら、どんなに喜んだことかと思います」と、礼状に書きました。一八九〇年九月九日、リドゥンは世を去り、望んでいたとおりにセント・ポール大聖堂に葬られ、記念に造られた墓碑の白い大理石像には横たわるリドゥンの姿があります。キャロルは一八九八年にきょうだいの住むギルフォードの家で亡くなりました。ハーコマーが描いたキャロルの肖像画は学寮の大ホールに今も掛かっています。

ロシア旅行記　一八六七年

旅行記のなかで人名など空白になっている部分はそのまま残しました。リドゥンの日記によってわかる場合は、注釈にいれました。角括弧は訳者が加えました。

七月十二日（金）〔ロンドン―ドーバー〕

トルコ皇帝と私はロンドンにほぼ同じ時刻に到着した。ただし着いた所は別々で、私が到着したのはパディントン、皇帝はチャリング・クロス。群集はたしかに向こうの方が非常に多かったということは認めざるをえない。

人が集まった第三の地点はロンドン市長公邸のマンション・ハウス。ちょうどベルギーの義勇兵の歓迎式が開かれていて、六時頃にそこから英雄たちを乗せた乗合馬車《オムニバス》の行列が東へ移動し始めた。このため私が買い物をするのに非常に時間がかかり、チャリング・クロスからドーバー行きの列車に乗ったのは八時半。宿のロード・ウォールデンに着くと、リドゥンはすでに来ていた。

七月十三日（土）〔ドーバー――ブリュッセル〕

前の晩に決めておいたとおり朝八時に食事をした。というよりもその時刻には食卓についていてパンにバターをつけてかじりながら骨付き肉が出てくるのを待った。そうして三十分も経つとちょっとしたことになった。はじめは、あたりをうろうろしているウェイターに、「まだか」と、情けない催促をした。すると、「ただ今、お持ちします」となだめる口調で返事をする。しばらく待ってから、今度は厳しい語調で、「まだか」と催促した。すると、まるでプライドを傷つけられたような顔をして、「ただ今、お持ちします」を繰り返した。そうこうするうちにウェイターたちはみんな自分の巣穴へと引き下がり、壁際の食器入れの後ろや皿蓋の下にもぐりこんでしまった。それでも骨付き肉は出てこなかった。およそウェイターが見せてくれる美徳のなかで、退去の礼ほど望ましからざるはなし、ということでリドゥンと意見が一致する。ここで私は重要な議案を二つ提出した。二つとも第一読会で否決された。その一、このまま席を立って、骨付き肉の代金は支払わない。その二、店の経営者を探し出し、ウェイター全員について苦情を言い立ててやる。これで大騒ぎは出るだろう。だが、骨付き肉は出ないだろう。

こんなことがあったが、九時には乗船していた。列車の車両二両分の荷物で船の甲板には大きなピラミッド形のりっぱな山ができあがった。その山に二人分の旅行鞄を提供できたのは誇らしい。

穏やかな九十分の船旅だったが、船客のなかには筆舌に尽くしがたい苦しみを味わった者もいた。わが気分はどうかといえば、特にこれといった感慨も湧かず、すこしもの足りない。こんなことのために船賃を払ったのではない、という感じだ。

貸切の船室を使うという贅沢をした。雨が強く降っていたが、そこは快適だった。屋根があり、しかもデッキの上なので風通しがよい。

カレーに着いた。船が来るといつものことなのか、人なつこい土地の人間が、何か用事はないか、知りたいことはないか、と寄ってくる。返事はみんな「ノン」で済ます。全部がぜんぶあてはまるわけではないだろうが、連中を追い払うのにはじゅうぶんだ。一人ひとりが「ノン！」と、おうむ返しに言いながらむっとしてそばから離れていった。リドゥンが荷物の手配を済ませてから、いっしょに市場を歩いてみた。女たちの被っている白い帽子が広場を埋めて、金切り声と意味のわからないことばが飛び交っていた。

ブリュッセルへの道中は平坦で単調。目立つ建物といえば聖オゥマ教会の塔と、五つの塔があるトゥルネィ大聖堂くらいである。リールからトゥルネィまで、家族連れの旅行者といっしょになった。六才と四才くらいの子どもがいて、小さい方の子はずっとしゃべっていた。その子のスケッチをしてみた。家族のみんなが、またモデル自身も私のスケッチを見て、いろいろと好きなこと、ほめことばらしいものを言ってくれた。その子は降りる前に母親に言われて、私たちに「さようなら」を言い、別れのキスをしてもらいにきた。

ベルギーの国境にあるブランデンで荷物が外に出されて、そこで検査され（というよりも、形ばかりのぞかれて）また元に戻された。料金はかからない。これまでに受けた試験で、検査料を払わないで試験に合格したのは、これが初めてだ。

ブランデンからブリュッセルまではドイツ人の旅行者といっしょになった。景色を見ていると、木々が何マイルもまっすぐに並んで植栽されている。ほとんどみんな同じ側に傾いているために、ちょうど疲れた兵士が長い隊列を組んで平原のあちこちを行進しているようにみえる。あるところでは四角に整列し、あるところでは「気をつけ！」をしている。しかし、たいていは背を屈めて、目にはみえない重い荷物が上からのしかかっているように、ただとぼとぼとあてもなく歩き続けているようだ。

ブリュッセルでは、ホテル・ベルビューに宿泊した。ホテルの食事は「ごく簡単な」、「わずか」七コースの食事だ。それが終わって、気分転換に外を歩いた。公園で音楽をやっているのが聞こえてそちらへ行ってみた。公園に座って一時間かそこら、なかなか好いオーケストラの演奏を聞いた。クリモーンのようなところで、木々の間には何百人という人たちが小さなテーブルを囲んで座っていた。周囲にはランプの灯りがついていた。

七月十四日（日）〔ブリュッセル〕

リドゥンと十時に聖ギュデュール教会に行った。ブリュッセルでいちばん立派な教会である。ただ私の好みではない。それというのも、ことばが聞きとれれば礼拝に参加できたのだが、ところどころでひと言くらいわかる程度で、しかも二つのことが同時に進行していた。一つは聖歌隊がずっと聖歌を歌っていた。その間にも、司祭は聖歌隊の歌に構うことなく礼拝を進めていた。司祭たちは絶えず短い列で祭壇へ近づき、祭壇の前でほんの一瞬ひざまずいて、また自分の席に戻る。礼拝の主なところでは、みんなの注意を促すために鋭い音を立てて鈴が鳴り、これが続いている間は、他のことが聞き取れない。周囲を見渡すと、自分の祈りに没頭している人もいる。私の隣の男はひざまずくための台がないので、敷石の床へじかにひざをついて祈りを数珠《じゅず》で数えていた。何もせず、ただ傍観している者もいる。その間ずっと人が出入りしていた。何をしているのかが分かる時には礼拝をすることもできるのだが、その時にやっている典礼の箇所をリドゥンが見つけてくれても、言葉を理解するのは無理だった。会衆が「参加する」礼拝にしては非常にわかりにくく、むしろ会衆の「ために」やっている礼拝のようにみえた。

音楽は非常に美しい。香を入れた器を揺り動かすのがきれいな絵のようで、赤と白の服を着た少年がふたり、祭壇に向かって調子を合わせて香の入れ物を揺らしていた。

礼拝のあとには一年に一度、「聖体」が町を練り歩く大行列の行事があった。行列が教会を出発するのを見て、また戻ってくるのを待つと一時間以上かかった。行列の前を騎馬隊が進み、後ろには小さな男の子たちの長い列が続いた。男の子はたいてい赤と白の服を着ている。なかには紙で作った花の輪を頭にのせている者もいる。ある者はのぼりを持ち、またある者は切った色紙を入れたかごを持っている。たぶん途中で撒《ま》くのだろう。その後ろから白い服を着て白い長いベールをつけた女の子たちの長い列が来た。それから歌を歌っていく男たちや、立派な服を着てのぼりを抱えた司祭などが大勢続いた。のぼりは行列の後ろの方になるにつれてますます大きく豪華になる。聖なる御子《みこ》を抱いた処女《おとめ》マリアの大きな像が運ばれて行く。像の立つ台座は大きな半球の上が少し平らで、まわりには造花の飾りがある。その後ろからまたのぼりが続き、それから四本の柱の上に天蓋《てんがい》を置いて司祭たちがその下を歩きながら「聖体」を運んだ。「聖体」が傍を通ると、大勢の人がひざまずいた。これまでに見たことのない行事で非常に見事なものである。しかしおそろしく芝居がかっていて、真実味がない。群集はたいへんな数だが、みんな秩序を守り整然としている。おそらく何千という人がいたのだろう。

午後、リドゥンは何人か友人に会いに行った。私はグラン・プラスを散歩した。美しい市庁舎の建物がよく見えた。この広場にはベルギーがゴシック建築として世界に誇る見事な建物が並んでいる。夕方、リドゥンと英語の教会に行く。しかし、礼拝の時間は昼過ぎに変更されて、すでに終わっていた。

七月十五日（月）〔ブリュッセル―ケルン〕

九時四十分にケルンへ向けて出発した。途中は変わったこともなく四時に着いた。ここで二度目の荷物検査があった。前回よりももっと大雑把なやり方で、私の旅行鞄などは開けられもしなかった。

ケルン大聖堂をおよそ一時間見た。あれこれと描写するよりも、これまでに見た、あるいは想像できるあらゆる教会のなかで最も美しい、とだけ言っておこう。もしも敬虔《けいけん》な魂がなにか形になるとすれば、それはあのような建造物になることだろう。

夕方もう一度散歩した。川を渡ると、町全体を望むすばらしい景色が眺められた。

ケルン大聖堂内部　　（7月15日）

Inside the Cologne Cathedral.　(15 July.)

これは結構なディナーを済ませたあとのことである。ディナーとそれに伴うものは今までのところ結構なものばかりだ。ディナーのワインにはルーディシャイマーを一本注文した。このワインは小柄で明るい感じのウェイターが「あれはよいワインと存じます」と勧めてくれた。果たしてそのことばのとおりに良い。

泊まっているホテルは「デュ・ノール」。

七月十六日（火）〔ケルン―ベルリン〕

教会を数カ所まわる。どこも特別なことはない。一つは「聖ウルスラと一一、〇〇〇人の処女《おとめ》の教会」で、ウルスラの遺骨を納めた箱というのが前面はガラスでできていて、のぞいてみたがほとんどなにも見えなかった。

聖ゲレオン教会や十面の変わったドームのある納骨堂、使徒教会、祭壇背面にルーベンスが描いたペテロの処刑の絵がある聖ペテロ教会（この教会の近くに、ここでルーベンスが生まれた、というプレートのついた家がある）、それにカピトリオの聖マリア教会などを見た。

リドゥンは一時半にホテルのターブルドートに行き私はこの機会に使徒教会に戻り、そこで結婚式をみた。大勢の人がきていた。子どももたくさんいて、教会のなかを自由に歩いているがおとなしくて英国の子どもとは大違い。結婚するふたりと関係者は内陣に入り、可動式の机に向かってひざまずき、式の間はずっとそうしていた。数回の祈りといくつかの質問と応答で結婚式は始まったのだと思う。それが済むと、司祭は具合よく祭壇に寄りかかりながら、聖書を閉じて長い話をした。原稿はなくその場の話のようだ。それから聖水の入った器と思われるものをふたりの上で揺らした。次に書記が台帳とペン、インクを祭壇の上に置いた。司祭は時間をかけてそこに書き入れた。その間に紳士が二人進み出て司祭に何ごとかをささやいた。おそらくその二人は証人で自分たちの名前を告げたのであろう。それが済むと司祭は結婚したふたりに軽く会釈して、式は終った。

教会をいくつか見る。教会には人がたくさんいて、しかもそれぞれに自分の祈りを捧げていたのが印象に残っている。ある教会では、一度に三人の女性が三つの告解席で告解をしているのを見かけた。彼女たちは自分の手で顔を隠し、司祭は一人で、顔の前にハンカチを下げていた。しかし間には仕切りをする幕はなかった。

教会に祈りに来ている子どもがとても多い。なかには祈祷書を持っている子どももいるが、持っていないものもいる。子どもたちは見学している人の方を見ることもあるが、また自分の祈りに戻っていく。やがて一人ひとり立ち上がると外に出て行った。出入りは自由らしい。ブリュッセルの日曜日の礼拝では男たちや男の子たちで祈りをしている姿をたくさん見かけたのだが、ここケルンでは見かけない。

午後はリドゥンと大聖堂のいちばん上の見晴らし台まであがった。そこからは、白い壁に灰色の屋根が続くすばらしい町の風景と、遠くどこまでも続くライン川が見えた。

夜行列車でベルリンへ行く。夕方七時十五分の列車に乗り、翌朝八時頃に着いた。車内では向かい合う座席を引き出して、両方あわせると一つのベッドになった。緑色の絹のシェードをランプの上に引くと、車内の明るさを落とすことができる。夜は具合よく休んだ。ただ、気の毒にリドゥンは眠れなかったようだ。

七月十七日（水）〔ベルリン〕

ベルリンにて。ホテル・ドゥ・ルューシ。ドゥロシキと呼ぶ軽四輪馬車を雇う時に、番号のふってある切符を渡されて、溜まり場にいる同じ番号の馬車に乗せられた。あのやり方は英国ではとても長続きしないと思う。

昼間見学したのは、馬に乗ったフリードリッヒ大王の立派な像（ラウホ作）、有名な「アマゾンと虎」（キシュ作）、それに美術館を二つさっと見た。どちらも時間があればもっとよく見たい。

三時にターブルドートへ行った。「フラマンデ風ポタージュ」というのは羊のスープのことで、鴨はチェリーと共に食される。食事のときに清潔なナイフとフォークは望むべくもない。

夕方、ゆっくりと散歩してきた。福音主義の聖ペテロ教会は礼拝中なのでなかに入り二十分くらい、用意した原稿などないその場での流暢なドイツ語の説教を聞いた。説教した人は最後に自由な長い祈りを捧げ、主の祈りを唱えて、それから立ち上がると（会衆もいっせいに立ち上がり）腕を差し伸べて会衆を祝福した。そこでオルガンが流れ、説教した人は退場し、会衆はまた着席して、旋律のきれいな長い賛美歌を歌った。

七月十八日（木）〔ベルリン〕

もう一度、大美術館へ行き、前回よりも時間をかけてゆっくりと見た。絵画はぜんぶで一、二四三点ある。展示の構成については美術評論の大御所ヴァーゲンがおこなっている。しかし、彼のカタログにはほとんど批評らしいものがなく、個々の絵のなかで見るべきところを列挙しているだけだ。絵のほとんどは宗教画で、そのなかには、矢で射られた「聖セバスチャン」もあった。いろいろな画風による「聖母子」像がたくさんあり、みどりごのイエスを下に置き、マリアがその前にひざまずいて祈っているものが数枚あった。色使いがとてもきれいな絵もある。眠っているヨセフの耳に天使がささやいている絵がある。バベルの塔の絵がよかった。そこにはおびただしい数の人間が描かれている。エデンの園の絵には、いろいろな動物と鳥が描かれていた。有名な版画、聖アントーニオスの試練なども数点ある。これまで見たなかで最も優れていたものは、ファン・デル・ワイデンの三連祭壇画で、主の死後の場面では、泣いているマリアの涙の一粒ひとつぶを丁寧に半球（やや球に近い半球）に塗り、その一つひとつに光と影を描いている。床にある本は、頁が少しぱらぱらと開き、本の留め金がぶら下がる。その影が、長さは一インチ〔二・五センチ〕もないくらいだが、本の厚みの切り口に斜に落ちている。頁が少しでも開いている部分は下の紙に上の紙の影が映っている。

ここの美術館の絵画は全体としてはあまり美しいという印象は受けないが、一つひとつをよく見るとその手法には驚くべきところがある。美術館全体を正しく評価するのには幾日もかかるだろう。

ターブルドートが済むと、雨がだいぶ降っていた。少しだけ歩いて聖ニコラスの古い教会を見学した。

七月十九日（金）〔ベルリン：シャーロッテンブルグ：ベルリン〕

目覚まし時計で起きたのは六時半。七時半に朝食。午前中は聖ニコラス教会へ行った。教会の側廊は、見えないように完全にさえぎられて建物の東端のアプスに丸く円になって並ぶ柱の外側を、ぐるりと巡っている。そのようなものは初めて見た。祭壇はその円に並ぶ柱の内側にあり、祭壇の後ろはどこにでも見かける大理石の彫刻を積み重ねたようなのが立っている。その後ろは、主に聖書の主題による古い絵画が一面を覆う内陣仕切りになっている。その絵の一枚一枚はそれぞれ亡くなった人を記念するものである。ドイツの歴史学者プフェンドルフの墓もあった。

聖ニコラス教会からシュロスつまり王宮へ行った。ガイドに従って他の見学者たちと豪華な部屋の数々や大きな円形のチャペルを見た。およそどこでも色を塗れそうなところはすべて金色に塗ってある。大きな階段からなかへ入る。その階段は段がないために、舗装した道がなだらかに上るのに似ていて、ウィットビーの道を思い出した。

ガイドは各部屋を見せて謝礼を受け取ると、あとはまったく見物客を放り出していなくなり、われわれは外へ出るための通路を探して、ぐるぐる回る裏階段を抜け、バケツやら修理作業員やらがいるところを通っていく羽目になった。ここに大きな教訓がある。教訓の書き出しは「これぞ王侯たちの運命なり……」で始まる。

午前中はこのあとに美術館を二つ見た。

ディナーをおえて外に出た。乗合馬車《オムニバス》の二階に上がり、西へ四マイル〔六・五キロ〕ほどの所にあるシャーロッテンブルクへ向かう。途中、ウンター・デン・リンデンの通りの眺めが雄大だ。そこにはもう一つの城があり、たいへんきれいな所だ。いちばんすばらしかったのは王妃　　　が葬られている礼拝堂で、大理石でできた墓は寝椅子に横になっている王妃の姿を刻んだ見事なもので、天井の窓に嵌め込んだ菫《すみれ》色のガラスから射す光が、大理石像にえも言われぬ柔らかい、夢見るような効果を出していた。

　夜はぶらぶら歩いてユダヤ教の礼拝堂《シナゴーグ》を見学した。それは見ておくだけの価値がじゅうぶんあるとニューヨークからきた紳士から聞いた。紳士とその奥さんには食事で同席になり、とても気持のよい人たちだと思う。ふたりはドイツ語をひと言も知らないままでここに来て、そのために日常のこともなかなかままならないそうだ。

七月二十日（土）〔ベルリン：ポツダム：ベルリン〕

今日は初めにユダヤ教の礼拝堂に行った。礼拝が進行していたので、終るまでそのまま留まっていた。とにかくすべてが目新しいことばかりで非常に興味をもった。建物はたいへん豪華で、内部の壁は金色に塗るか装飾がしてある。アーチはたいてい半

円形だが、なかにはここにスケッチしたような形のものもある。東の端の天井は半球形のドームになり、なかの柱の上に小さいドームがある。その下のカーテンで隠れた戸棚のなかに律法の巻き物が納めてある。カーテンの前には朗読用の机が東を向いている。その手前には小さい机が西を向いている。小さい机の方は礼拝の間に一度だけ使われた。あとは会衆席になっている。リドゥンと私は会衆に見ならって帽子はかぶったままにした。男たちはたいてい自分の席に着いて、刺繡《ししゅう》のしてある袋から白い絹の肩掛けを出して首の後ろから懸けると両端を前に平行に下げた。それはとても珍しいことに見えた。肩掛けの上部には金の刺繡のようなものが施されて、おそらくそこに聖句が入っているのだろう。男たちはときどき前に出てその日の日課の聖句を朗読した。朗読はすべてドイツ語だが、しかし美しい曲に合せたヘブライ語の詠唱もたくさんあった。聖歌のなかには非常に古い

ものがあり、もしかするとダビデの時代にまでさかのぼるのかもしれない。ラビの長はひとりで無伴奏の詠唱をたくさん歌った。会衆は立ったり座ったりを交互に繰り返しているが、ひざまずく者はいないようだ。

午後はポツダムに行った。宮殿と庭園の町である。われらが皇太子妃の住んでおられるニューパレスはベルリンのシュロスよりもさらに立派である。フリードリッヒ大王のたくさんの部屋、書き物机、布地の部分が王の飼い犬たちの爪でかきむしられている椅子などを見た。王の墓がある教会にも行った。簡素な墓で墓碑名もないが、それは王の遺志による。いちばん美しいのは王の気に入っていたサンスーシの宮殿で、庭園のなかをゆっくりと歩いた。昔の様式である。まっすぐに続く並木は、複数の中心を持つ放射線状に植えられている。非常に美しいのが階段状になったテラスガーデンで、段々と上へ高くなる。オレンジの木がたくさんあった。

ポツダムの町にある美術品の数はおびただしい。宮殿の屋上はさながら彫像の森のようなところもある。庭園は至る所に台座にのせた彫刻がある。見て歩くうちに、ベルリン建築の二原則が私には次の二つになるように思われた。『屋上には都合のよい

ポツダムの庭園　（7月20日）

The Garden, Potsdam.　(20 July.)

所があればどこにでも、男の像を立てる。片足で立っているのがいちばんよい。地面の上では、場所さえあればどこにでも、複数の半身像を円形に並べて、顔は相談している様子で、みな円の内側に向ける。さもなければ、大きな男が動物を、（現在時制が好まれるが）「殺しているところ」、「殺そうとしているところ」、「殺し終ったところ」を刻んだ像を置く。その動物に刺さった槍先は多ければ多いほどよい。動物といっても本来なら竜である。しかし彫刻家の腕によっては、竜が無理ならライオンか豚にしても差し支えない。』

この動物殺戮方針がどこもかしこも容赦なく単調に繰りかえされている。そのためにベルリンの町のなかには化石化した屠殺場のように見えるところもある。ポツダムへの遠征はぜんぶで六時間だった。

七月二十一日（日）〔ベルリン〕

リドゥンは大聖堂のドイツ語の礼拝に行った。私は一つだけある英国国教会の朝の礼拝に出た。礼拝はモンビジョン宮殿のなかでそのために貸している一室でおこなわれた。リドゥンが夕べの礼拝に出ているあいだ、私は公園を散歩した。人々はベンチや美術館の石段に三々五々腰を下ろし、子どもがたくさん遊んでいた。子どもたちの遊びは輪になって手をつなぎ、輪の外を向いて踊ること。踊りながら可愛い歌を歌った。歌のことばは私にはわからなかった。一度、子どもたちは大きな犬が寝そべっているのを見つけて、すぐに犬の回りに踊りの輪を作り、そうして犬に歌を歌ってやった。そうするために子どもたちは輪のなかを向いた。犬はそれまでにみたこともない親切ぶりに、はじめはすっかりまごついていたが、そのうちにこれは我慢するほどのものでもないとわかって、逃げ出した。

私と同じようにぶらぶらしていたたいへん感じのよいドイツ人の紳士と会話のようなことをした。おそらくとてもひどい私のドイツ語、果たしてドイツ語といえるかどうかということばに、助け舟を出してくれた。とはいえ、私の話したドイツ語は私が聞いた英語と同じぐらいにはできていた。

それは今朝の朝食のときのことで、冷製のハムを頼んだのだが、ウェイターは別のものを持ってきた。そこで彼はテーブルの向こう側から身を乗り出して自信のある低い声で言った、「持ってくます、数分で、冷しのハムざ。」

十時十五分にダンツィッヒへ向かう。到着したのは翌朝の十時。途中の景色には、あまり変化はない。

七月二十二日（月）〔ダンツィッヒ〕

ダンツィッヒに着いて、まず大聖堂を見た。それからオールド・タウンを見て回った。興味深いすばらしい町だ。通りは狭く、曲がりくねっている。家々は非常に高く、たいていどの家にもいちばん上に奇妙な飾りのある破風がついていて、破風には変わった曲線とジグザグ模様がある。大聖堂は非常によかった。教会のなかを三時間ほど見て、それから尖塔に登りそこで一時間。高さは三二八フィート〔約百メートル〕、上からはオールド・タウンとモトラウ河、ヴィスワ河、そしてバルト海が遠く広がるすばらしい景色が見えた。

教会にはメムリンクが描いた最後の審判の大きな絵があった。これまでに見た最大級の驚異に入る絵だ。何百という人間の一つひとつの顔がみな小さな肖像画といえる

ダンツィッヒの大聖堂内部　(7月22日)

Inside the Cathedral or Marienkirche, Dantzig. (22 July.)

くらいに精密である。悪霊を描くことにかけては、この画家には計り知れない想像力がある。ただあまり奇怪すぎて、怖さがない。

ここは現在、ルター派の教会になっているが、祭壇やその後ろの壁面には飾りが多い。折り畳みの扉は、内も外も鮮やかな模様が施されて、極端に彩色や金メッキした十字架の磔《はりつけ》を高浮き彫りにしている。そのなかで、主が十字架をになっているところに、斬新な着想が見られた。十字架の柱がネジで地面に固定されて、そのネジは柱の上端を突き抜けている。ネジにはナットがついていて、そのナットを一匹の小鬼が回しているために、それが十字架をになう苦しみをいっそう大きくしている。

内陣の天井の梁《はり》の上には非常に大きな十字架が立ち、周りには実物大を越える大きさの、泣いている女たちの像があった。聖具室の二部屋には昔の祭服や遺品、楽器などの立派なコレクションがある。シャジュビュルだけ数えても七十五もあった。また

非常に珍しい長円形のヴェシカも二つ、これは、なかが空洞のたまご形をしている針金の容器で、そのなかに聖母マリアの像が納めてある。向かい合った針金は二本ずつで魚を表している。以前にはみな内陣の天井

から鎖で下げていたようだ。教会の内部は全体が白と金色で、天井は非常に高く、立派な高い柱がたくさんある。

　夕方はぶらぶら歩き、夕暮れ時に狭い小路を抜けてホテルへ戻る途中、道のなかほどで銃剣を構えて見張りをしている小柄な兵士の脇を通った。兵士は恐い顔をしてこちらを見たが別に何もせずに通してくれた。

　ホテルに戻ると、止まり木に緑のおうむがいた。「かわいいオウム！」と話しかけると、頭を片方に傾《かし》げて少し考えていたが、何も言わない。ウェイターがきて無言の理由を説明して、「エル　シュプリヒト　ニヒト　エングリッシュ、エル　シュプリヒト　ニヒト　ドイチュ」と言う。気の毒にこの鳥はメキシコ語しかわからないらしい。リドゥンも私もそのことばはまるで知らないので、鳥をかわいそうに思ってやった。

七月二十三日（火）〔ダンツィッヒ―ケーニッヒスベルク〕
　ぶらぶら歩いて、写真を買った。十一時三十九分発でケーニッヒスベルクに向う。

駅へ行く途中で、これまでに見たいちばんすごい「お上《かみ》」の権威を目撃した。おそらくスリでもしたのだろう、小さな男の子が治安判事のところかそれとも牢屋へ連れて行かれるところで、哀れな子を引いて行くのに制服の兵士が二人、一人は前に一人は後ろについて、逃げ出そうものならいつでも撃てるようにと銃剣を構えまじめくさって行進していた。

ダンツィッヒとケーニッヒスベルクの間の風景には変化がない。ダンツィッヒの近くで見かけた小屋の屋根に鳥の巣があり、足の長い大きな鳥が何羽かいた。鶴かと思う。ドイツの子どもの本では、鶴は屋上に巣を作り、悪い子をさらっていく、と教えている。

夕方七時頃にケーニッヒスベルクに到着。ドイチェス・ハウスに泊まる。夜十時半頃、通りからキーキーと音がするので外をのぞくと、巡査（あるいはそのたぐいの者）が巡回のために道の真ん中をゆっくりと行進し、数ヤード進む毎に立ち止まっては、笛を口に当て、子どものおもちゃのラッパにそっくりの音を立てている。ダンツィッヒでも真夜中に同じような音を聞いたが、そのときには外をうろついている子どもの仕業かと思った。

七月二十四日（水）〔ケーニッヒスベルク〕

ひとりで歩いた。リドゥンは具合が悪くていっしょに来られなかった。アルトシュタット教会では塔のいちばん上へ登り、周囲がよく見渡せた。鍵を持っている教会守を探し出し、塔に登り、そこから見えるものが何かを問うのは、私のか弱いドイツ語力にはかなり酷な注文であった。町を歩いてみたが見るべきものはない。しかしあとになって、町のいちばん古いところを見過ごしていたことがわかった。

夕方は、リドゥンとビュルゼ庭園で二時間余り座って、快い音楽を聞きながら、人々が楽しそうに過ごしている様子を眺めていた。年輩の人たちは小さなテーブルを四人とか六人で囲み、女たちは手仕事をして、子どもたちはあたりを四、五人がいっしょになって手をつないで歩きまわっている。ウェイターはあちこちに気を配り注文を取っていた。しかし、アルコールを飲むことはあまりないようだ。その雰囲気はちょうどロンドンの家の客間にいるような感じで、なにもかもが落ち着いていて礼儀正しい。人々はお互いに知り合いのようで、ブリュッセルで目にした光景よりもずっと和やかで打ち解けてみえた。
ドイチェス・ハウスに泊って一つ特別なことがあった。それは、部屋から呼び鈴をいつでもいくらでも鳴らせることだ。鳴り響く呼び鈴を止めることはまったくない。鳴らした呼び鈴に応答があるまでに平均五分から十分、必要なものがくるまでには三十分から四十五分かかる。

七月二十五日（木）〔ケーニッヒスベルク〕
一日歩きまわった。しかし書き止めておくほどのことはない。一つだけ気がついたことといえば、ドイツ語に並べて同じことをヘブライ文字で書いてある店が何軒かあった。
夕方私は劇場に行った。いろいろな意味でわりとよかった。歌とそれから演技のなかにはとてもよいものがあった。芝居は「紀元一八六六年」。部分的に少しことばがわかったくらいで筋はほとんどわからない。登場人物のなかに「英国の新聞通信員」

というのがいて、この変わった男は、サドヴァの戦闘の前に、兵隊が野営をしているところへ出てきた。着ているものは全体が白く、非常に長いフロックコートと、頭の後ろには山高帽をのせていた。この男は初めて出てきたとき、挨拶代わりに「モーニング」と言った。しかしそのあとから喋ったことばは、へたなドイツ語らしかった。兵隊たちからは嫌な奴だと思われていて、結局ドラム缶のなかに落ち、一巻の終わりとなる。

ケーニッヒスベルクで、商店のうちの半分が置いているいちばん売れているらしいものは、手袋と花火だ。それでいて手袋をしないで外出している紳士をずいぶんと見かけた。ここではたぶん手袋というものは花火をするときに手を保護するために使うのだろう。

七月二十六日（金）〔ケーニッヒスベルク ― 列車内〕

午前中、大聖堂へ行った。古い立派な建物である。十二時五十四分の列車で（一般にはペテルブルグと言うらしい）サンクト・ペテルブルグへ向かい、翌日のちょうど午後五時三十分に到着した。二十八時間三十分の旅！

運悪くわれわれの乗った車両の車室には横になれるスペースが四人分しかないところへ、リドゥンと私、淑女二人と紳士一人の五人がいっしょになった。そこで私は厚地の旅行鞄とコートを枕にして床に寝た。贅沢にとは言えないが具合よく夜通しぐっすり眠ることはできた。いっしょになった英国人の紳士は、ペテルブルグに十五年住み、ちょうどパリとロンドンへ行っての帰りであった。彼はたいへん親切にわれわれの質問に答えてくれて、ペテルブルグを見物するのに役立つことを、実際にことばの発音をしていろいろと教えてくれた。ただこれから先はロシア語以外のことばが話せる人は非常に少ない、という暗い見通しも語ってくれた。

その人はロシア語の非常に長い次のような単語を書いてみせた。ЗАЩИЩАЮЩИХСЯ〔ザシシャユシフシャー〕。英語の綴字で書くと、zashtsheeshtshayoushtsheekhsha となる。このものすごい語は分詞の複数所有格形で、「自らを守る人たちの」という意味になるそうだ。

紳士はとても楽しい旅の連れで、二日目には私と三回チェスをした。ただこんなことは書かない方がよかったが、結果はぜんぶ私が負けた。

ロシアの国境からペテルブルグにかけては平坦で変化に乏しい。たまに毛皮の帽子とチュニックにベルトというよく見かける格好の農民がぽつんとあらわれ、ときおり教会が見える。教会の屋根は丸いドームでその周りに小さいドームが四つある。ドームの天辺はみな緑色をしており、全体は食卓の薬味スタンドに似ている。

昼食のために停車した駅で男がギターを弾いていた。ギターの先端にはパンパイプを取り付けて、その周りに鈴が複数ついている。男は全体をうまく操って拍子をとりながら曲を弾いた。

ここでわれわれは初めて、シチーと発音するロシアのスープを味わった。結構飲めるものだ。ただ、なにか酸っぱいものが入っていて、それがロシア人の味覚には欠かせないものなのだろう。到着する前に旅の道連れに、こちらが泊まるクレ・ホテルのロシア語の発音を教えてもらった。たぶんロシア人の馭者《ぎょしゃ》を頼むことになるだろうと彼は考えた。だがペテルブルグの駅に着いてみるとその面倒はなかった。出迎えの男がホテル・ドゥ・ルユーシから来てドイツ語で話しかけ、われわれをホテルの乗合馬車に乗せると、荷物を受け取ってきてくれた。

ディナーをおえると出歩く時間はあまりなかったが、それにしても実に珍しい驚くことばかりである。道路は甚だ広く、脇の通りですらロンドンの大きな道路よりも広い。歩いているところを駆け抜けていく小さなドゥロシキは、人を轢くことを何とも思っていないようだ。すぐ近くに来ていてもまったく警告の声を上げないから、非常に気をつけていなければならないことがわかった。店は飾り付けた大きな看板を出し、教会は巨大で、青いドームには金の星をちりばめている。土地の人のわけのわからない話しことばには戸惑うばかり。いずれもサンクト・ペテルブルグを初めて歩いたときの驚きの数々である。

途中で祠《ほこら》を見つけた。きれいに飾って内側も外側も金メッキをして、なかには十字架や絵などが入っている。通りがかりの貧しい人たちはほとんどが頭の被《かぶ》り物を取り、祠に頭を下げて幾度も胸に十字を切った。そのようなことを雑踏のなかでやっているのは奇妙な光景である。

七月二十八日（日）〔ペテルブルグ〕

午前中、非常に大きいイサーク教会へ行った。礼拝はスラヴ語でなにも分からない。聖歌には伴奏がなく歌声だけなのだがすばらしい。教会は非常に大きい四角な建物と、そこを中心として四つに等しく分かれ出た内陣、身廊、二つの翼廊になっている。中央天井の外側は金メッキをした大きなドームで、内部は窓が少ないためにろうそくの明かりがなければほとんど真っ暗だろう。ろうそくは、教会の壁にずらりと掛かっているイコンの前でたくさん燃えていた。イコンには大きなろうそくが二本ずつ供えられて、傍に小さいろうそくを供えるろうそく立てがたくさんあった。イコンの前に祈りにくる人は一人ひとり小さなろうそくを一本ずつ持ち、火を点けて供える。会衆を見ていると、礼をして胸に十字を切り、それから時どきひざまずいて額を床につける。自分で祈りながらやっているのかと思うが、別にそうでもない。非常に小さい子どもたちも同じようにしている。彼らの表情のない顔を見ると、子どもが自分でやっていることを理解しているとは思われない。午後にカザン寺院でも見かけた小さな男の子

ペテルブルグのイサーク大聖堂内部　　　　(7月28日)

Inside the Isaac-Church, St. Petersburg.   (28 July.)

の場合は母親がひざまずかせて、額を床に付けさせていた。まだ三つにもならないような幼い子だ。人々はイコンの前でも礼をして十字を切っている。

説教が始まってから私は外に出てリドゥンを待つことにした。教会の入り口の前を通る人は、たとえそれがずいぶん巾の広い道路の向こう側でも、多くの人が十字を切っていた。教会の入り口からは道路をまっすぐに横切って歩道がついているので、馬車の人にも歩いている人にも教会の入り口のちょうど向かいに来たときには、そこがわかるようになっている。

十字を切るのは、右の人差指で額、胸、右肩、そして左肩に触れ、それから低く礼をする。ふつうこれを三回やり、四回目には最後の礼はない。

司式をしている司祭の服はたいへん立派で、行列や香のかおりからブリュッセルのローマカトリック教会を思い出した。しかしこうした豪華な礼拝を見ればみるほど、英国の教会は飾りが少なく素朴で、それだけいっそう私の胸にはほんものの礼拝に思われる。

英語の礼拝は午前だけで、それがわかったときには、もう遅かった。午後はこの驚

教会で儀式の行列　　(7 月 28 日)

Processions in the Church.　(28 July.)

きの町を歩いた。いままで見た都市とは様子がまるで違う。歩いて見てまわるだけでも幾日も満足できそうだ。リドゥンといっしょにネブスキー大通りを端から端まで歩いた。長さはおよそ三マイル〔五キロ〕ある。立派な建物が道路沿いにたくさん並び、ここは世界でもっとも立派な通りであるのにちがいない。通りが終るところがおそらく世界で最大の方形広場、アドミラルティ・プロシュチャジで、長さはおよそ一マイル〔一・六キロ〕。片側のほぼ全長が海軍省の正面である。

ピョートル大帝の乗馬姿の像が海軍省の傍にあった。像の下は天然の岩盤で、後足で立つ馬の足に蛇が一匹巻きつこうとしている。馬はその蛇を踏みつけているのだろう。もしこれがベルリンなら、ピョートル大帝はまちがいなく怪物を殺しにかかっているところだ。しかしここペテルブルグはそのようなものに興味はない。ここには動物殺戮主義は見あたらない。巨大なライオンの像が二つあった。ライオンは痛々しいほど穏やかで、二頭とも大きな玉をころがしているところは、小猫さながらである。

ホテルのターブルドートで美味しい食事をした。始めにシチーが出た。この料理の本来の味は心配したほど酢っぱいものではないことがわかり、安心した。

ペテルブルグのネブスキー大通り　(7月28日)

The Nevski-Prospect, St. Petersburg. (28 July.)

七月二十九日（月）〔ペテルブルグ〕

今日は先ずペテルブルグの地図を買った。小さな辞書と単語集も買った。辞書と単語集は必ず役に立つと思う。昼間は幾人か人を訪ねたが、ほとんどが不在だった。ドゥロシキに四回乗った。そのうち二回はホテルで呼んで玄関のポーターが駆者と交渉をしたが、あとの二回は自分たちで交渉することになった。参考までに初歩的会話の実例を挙げてみよう。

私　ゴシチニツァ・クレ（クレ・ホテル）。
駆者　（早口で話すことばからわかった単語は）トゥリ　グロッシェン（三グロッシェン、つまり三十コペクス）。
私　ドゥヴァチャッチ　コペイキ?（二十コペクス?）
駆者　（腹を立てて）トゥリチャッチ!　（三十!）
私　（断固と）ドゥヴァチャッチ。

駁者　（なだめるように）ドゥヴァチャッチ　ピャーチ？（二十五？）
私　（言うべきことは言った、もうこの話は止める、ときっぱり）ドゥヴァチャッチ。
（ここで私はリドゥンの腕をとり、駁者の叫ぶ声など無視していっしょに歩き出す。数ヤード歩いたところで、ドゥロシキが後ろからだらだらとついてくるのが聞こえた。駁者は横に並びながら、声を掛けてきた。）
私　（難しい顔で）ドゥヴァチャッチ？
駁者　（嬉しそうに笑顔になって）ダー！　ダー！　ドゥヴァチャッチ！
（ここで我々は乗り込む。）

こんなやりとりも一度だけならある意味ではおもしろいが、ロンドンで辻馬車を雇う度にとなると、そのうち煩わしくなるだろう。

ディナーのあとは市《いち》に行ってみた。市には建物が集合してそれを囲む柱廊の下に小さな店がある。四十か五十店が軒を並べて、手袋や替え襟などを置いている。何十軒という店がイコンだけを売っていた。小さい一、二インチ〔二・五〜五センチ〕ほどの粗末な絵から一フィート〔約三十センチ〕かそれ以上ある精巧なものまでさまざまだが、顔と手以外はみな金色に塗っている。買うとしても、このあたりの店ではロシア語しか話さないと聞いているから簡単ではなかろう。

七月三十日（火）〔ペテルブルグ〕

かなり歩いた。おそらく十五、六マイル〔二十四、五キロ〕は歩いたと思う。ここの広さはたいへんなもので、まるで巨人の町を歩いているみたいだ。要塞のなかにある大聖堂教会へ行った。金と宝石、それに大理石を使った壮大な建築は、美しいというよりも豪勢という感じがする。案内はロシアの兵士で、大概の公務は兵士がやっていて、解説することばは彼の母国語だから、こちらにはなんら説明の用をなさない。ピョートル大帝以後、（一人だけを例外として）皇帝の墓はみなここにある。墓はどれも同じ白い大理石で、角には金の飾りがついて最上部には大きい金の十字架を横にして置いてある。金の銘版の上にことばが刻んであるが、ほかにはなにも飾りはない。

教会のなかは周囲の壁にイコンが掛かっている。その前にはろうそくが燃えて

要塞のなかの聖ペテロ・聖パウロ大聖堂　（7月30日）

The Cathedral Church or St. Peter-and-St. Paul's Cathedral in the Fortress. (30 July.)

賽銭箱《さいせんばこ》がある。貧しい女が聖ペテロの絵のところへ行った。女は病気の赤ん坊を腕に抱えて、先ず硬貨を一枚出し、番をしている兵士に渡した。兵士はそれを女のために箱に入れてやった。女は長いこと礼をしたり十字を切ることを繰り返し、その間ずっと哀れな幼児に向いてあやすように声をかけていた。やつれた女の顔からは、今自分のしていることが聖ペテロの気持ちを和らげて子どもを救ってもらえるものと信じているのが見てとれた。

要塞からワシーリー・オストロフ（ワシーリー島）に渡り、そこをずいぶん歩いた。店の名前などはここではもうぜんぶロシア語になっている。そのために通りがかりの小さな店でパンと水を求めるのに、単語集のなかから二つの語を探し出した。フレーブとヴァダーである。取引にはこれでじゅうぶん間に合った。

夜、ホテルの部屋に戻ってみると、朝のための水もタオルもない。それに輪をかけて見事なことに、ドイツ人の係りがくるはずの呼び鈴が壊れて鳴らない。このめでたい非常事態に遭遇して、とうとう自分で下へ降りて行った。係りは見つかった。さいわい私の階の担当だ。その男に私は期待をこめてドイツ語のつもりのことばで話しかけた。ところが、ぜんぜん通じない。相手はただ、頭を強く横に振るだけだ。仕方がないので、単語集を開き、こちらの頼みをロシア語で告げた。ロシア語でといっても極端に単純化して、基本語以外はすべて省略したものだ。

七月三十一日（水）〔ペテルブルグ〕

ペテルブルグへくる車中でいっしょになったアレクサンドル・ミュア氏がホテルへ訪ねてきて、明日ペテルホフに行きミュア氏の仕事上のパートナーの案内で見物をして、その後いっしょに食事をしては、と招いてくれた。

今日は冬宮殿にある美術品を集めたエルミタージュと、アレクサンドル・ネブスキー修道院を見学した。ガイドはわれわれを彫刻のある部屋へ連れていった。絵画展示室へ上がっていきたいというこちらの希望はいっさい無視して、とにかく自分が担当する部門に連れて行き、そこで心付けを取った。とはいえ、そこは見事な古代美術の展示室で、はかり知れない富を費やして集められたものばかりである。

絵画の方はさっと一部を見ただけだが、彫刻と同じように貴重な蒐集の数々である。

ペテルブルグの冬宮殿　(7月31日)

The Winter Palace in St. Petersburg. (31 July.)

ほとんどムリリョだけを集めた大きな一室がある。そのなかに非常に美しい「聖母の被昇天」と「ヤコブの夢」があった。あれはドィリー・アンド・マートのところで彫ったものだろうか？

他にティシァンをたくさん集めた部屋があった。そこの絵画をすべてどころか半分も見る時間のないまま、オランダ派の絵があるところへポール・ポターの大作を見に行った。この絵についてはマレーが、「優れた技巧とユーモアで描かれている。分割したコマのなかには猟の獣、ライオン、猪などのいろいろな狩りの場面があり、最後には動物たちがぜんぶいっしょになって、狩人と猟犬を裁判にかけ処刑する」と解説している。

いちばんよく覚えているのはラファエルの描いた円形の「聖家族」で、このうえもなくすばらしい絵だ。

冬宮殿から修道院まではドゥロシキで行った。修道院で見たのはそこの教会だけで、教会のなかには祠《ほこら》がたくさんあり、金、銀、宝石で贅沢な装飾をしている。夕拝まで残っていたが、参列者がずいぶん少ないというほかは、だいたいイサーク教会の礼拝と同じである。

八月一日（木）〔ペテルブルグ：ペテルホフ：ペテルブルグ〕

十時半頃にメリリーズ氏が迎えにきてくれた。今日一日われわれのために時間を割いて、驚くほど親切にペテルホフ、距離にして二十マイル〔三十二キロ〕ほどのところへいっしょにでかけて、そこを案内してくれた。潮の干満がない、塩分のないフィンランド湾を蒸気船で下った。干満がない、というのはバルト海全体について言える特徴で、塩分がない、というのはバルト海の大半について言える特徴である。対岸までがおよそ十五マイル〔二十四キロ〕ほどある所で湾を渡る。非常に浅く、水深はわずか六から八フィート〔一・八〜二・四メートル〕。毎年、冬にはすっかり凍結して、二フィート〔六十センチ〕の厚さの氷が張るそうだ。雪が積もると一面の雪原になり、人々はそこを往来する。しかし徒歩で渡るには遠いから、食料を持ち充分な防寒をして行かなければ、途中には避難する場所がないために、天候が崩れるとたいへん危険である。メリリーズ氏が知人から聞いた話によると、去年の冬そこを通ったときには、途中で

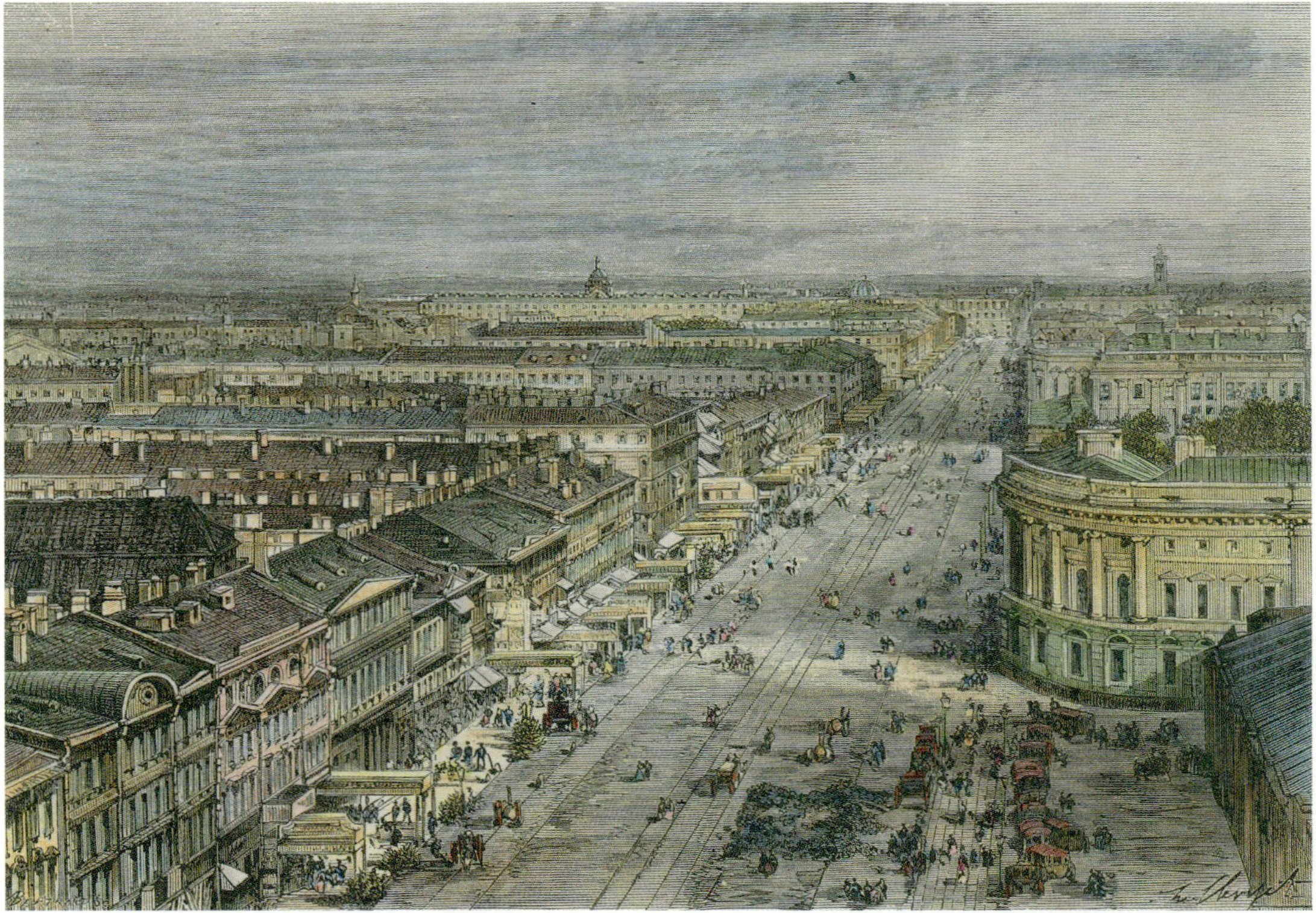

「ペテルブルグのネブスキー大通り」クレルジェ（1878年）　*The Nevski-Prospect* Clerget (1878)

「ピョートル大帝乗馬像」D. ビドゥゴショイ（1840年頃）　*The Statue of Peter the Great* D. Bydgoszoy (c.1840)

「ペテルホフの宮殿と庭園」バルクレ（1878年）　*The Palace and the Gardens in Peterhof* Barclai (1878)

「ワシーリ・オストロフ島から望む要塞と聖ペトロ・聖パウロ大聖堂」
A.G.ヴィッカーズ（1835年）

The Fortress and the Church of St Peter and St Paul from the Vasili Ostroff
A.G.Vickers (1835)

凍え死んでいる八人の遺体を見たそうだ。

船上からはフィンランドの沿岸とクロンシタットがよく見えた。ペテルホフの港に着くと、ミュア氏の馬車が待っていた。馬車の通れない所では降りて歩きながら、宮殿を二つ見学した。そこの庭園には小さなあずまやがいくつもあり、一つひとつが小さいながら立派な住まいになるくらいの内装や調度品で整えられていて、趣味もよく、富の成しうる限りの造りをしている。変化のある美しさや、自然と人工のみごとな調和という点で、この庭園はサンスーシのそれをはるかにしのぐものだと思う。庭の隅という隅、あるいは小道のはずれに具合よく彫像の置ける場所があれば何か一つは必ず置いてある。ブロンズ製や白い大理石製のものもある。大理石の場合にはたいてい後ろに円形の壁龕《へきがん》がついていて、青い色を背景に像が浮かび上がるようになっている。こちらには石でできた岩棚が連続して、その上を水が幕のようになって滑り落ちている。こちらには長い小道が続いて、斜面を下る所は段々になっている。その道を行くと頭上には蔓性の植物がアーチをなしている。またこちらには地面から顔を出した巨大な岩の塊が斧で刻んだ大きな頭と顔と穏やかなスフィンクスのような目を持っている。それはまるで巨人の神が地中に埋もれた自分を解放しようともがいている姿のようだ。こちらには、噴水が円を描くように仕立ててあるパイプから吹き上がり、内側の円は外側よりも高く水を吹き上げて、きらめく飛沫のピラミッドを作っている。こちらには、森の切れ目の間から下の方に見える緑の芝生に、鮮やかな赤いジェラニュームの花が帯状に並び、遠目にはさながら大きな珊瑚樹の枝のように見える。並木はいろいろな方向に向かい、或る所では三、四本並び、或る所では星のように放射状をして、いずれもはるか遠くまで続き、それを目で追うとやがて見えなくなる。

ここに記したことは、あとになって思い出す時のために書いたもので、別になにか意味があってというわけではない。

昼食に行く途中でちょっとミュア家に立ち寄って夫人と小さい子どもたちに会った。五時頃に再びミュア家へ行き、ミュア氏に会った。他に氏の友人も来てディナーに加わった。終ると再び、労を厭《いと》わぬメリリーズ氏と共にペテルブルグへ戻った。彼は今日一日いろいろと親切をしてくれた、その上に、ドゥロシキを雇うために不可欠な馭者との駆引きまでしてくれた。暗闇のなかで馭者どうしが争って客引きをしながら交わす不可解なことば、その混沌とした騒ぎのなかでリドゥンとわたしが賃料の交渉をすることになったら、それは絶望的な離れ業というものだろう。

八月二日（金）〔ペテルブルグ ― 列車内〕

午後二時三十分の列車でモスクワへ向かう。翌朝十時に着く。別に二ルーブル〔二千二百円〕かかる寝台切符を買った。どういうことになるのかと思っていると、夜の十一時頃に車掌がきて手の込んだ奇術で椅子の背に当たる部分を回転させて上にあげて棚ができた。座席と仕切りはなくなり、クッションと枕が出てきた。最後にリドゥンと私が上述の棚のなかに自分たちを仕舞い込んだ。その棚というのがとても具合のよいベッドになっている。下の床には他に三人寝ることができたのだろうが、さいわい誰も来なかった。私は一時頃まで起きていてひとりで客車の後部デッキに出てみた。そこは手すりと屋根があり、飛ぶように走り抜けていく田舎のすばらしい景色が眺められる。ただ、振動と轟音は車内にいるよりもはるかにひどい。車掌は時どき様子を見にきたが、夜の間は私がそこにいても何も言わなかった。きっとひとりで淋しかったのだろう。ところが朝になってまたそこへ出て行くと、たちまち腹を立てて私を車内に追い返した。

　モスクワに到着すると馬車とポーターが待っていて、宿泊先のドゥサックス・ホテルへ案内してくれた。

　リドゥンとふたりで五、六時間歩いた。ここはすばらしい都市、白い家と緑の屋根、それに円錐形の塔。この塔はちょうど先へいくと短くなる折り畳み式望遠鏡の格好で円錐が次々と重なり立ち上がっていく。金メッキした丸いドームには鏡のように町が歪んで映っている。教会の内部は周囲にイコンやランプが下がり、装飾を凝らした絵画が壁から天井まで続いている。最後に歩道、これは耕した畑のような状態であちこちを走っている。

　ドゥロシキの馭者たちが今日はいつもより三割増しで払ってくれと言ってきかない。

「今日は皇妃の誕生日」というのがその理由である。

　ディナーをおえてスパロー・ヒルまで馬車で行った。見渡す限りに壮観な眺めが広がっていた。林立する尖塔やドーム、それにモスクワ川が手前からゆるやかにカーブして流れていく。この丘からナポレオンの軍隊は初めてモスクワの都市を目にしたのだ。

八月四日（日）〔モスクワ〕

午前中、時間をかけて英語の礼拝所を探してみたが、見つからない。そのあとひとりで出かけて、さいわいロシア人で英語の話せる紳士に出会い、その人がいっしょに連れて行ってくれた。牧師のペニー氏がいたので、バーゴンが書いてくれた紹介状を渡した。牧師さんと奥さんはとても気持ちよく迎えてくれた。

夕拝にはリドゥンもいっしょにその教会へ行き、牧師夫妻と語り合った。夫妻は私たちがここで予定していることについていろいろと貴重な助言をして珍しいものなどを買う手伝いもしようと親切に申し出てくれた。

八月五日（月）〔モスクワ〕

一日観光。五時に起きて、ペトロフスキー修道院の六時の礼拝に行く。この日は献堂記念日で特別に立派な礼拝があった。音楽といい見た目といい、非常に美しい。ただ典礼はほとんど私にはわからない。レオニード主教が来て聖餐式をおこなった。幼いこどもがひとり拝領しただけで他の会衆は誰も聖餐に与らなかった。礼拝が終わって主教が豪華な祭服を祭壇の前で外し、それから平素の黒いガウン姿になって歩いて行くと、人々はまわりを囲みその手に口づけしようと群がった。それは見ていて非常に珍しかった。

朝食のあと、今日は一日雨らしいので、建物の内部を見学することにした。見たものについては、これはとてもことばだけでは説明しきれない。まず、聖ワシーリー聖堂へ行く。外もそうだが、内部も奇妙な、怪奇と言ってもよい教会で、ガイドは今までに見たこともないほど実に程度の低い男だ。独自の理屈を持っていて、見学する者は時速四マイル〔六・五キロ〕の速さで歩くものだと決めている。見物客がその速さで歩かないとわかると、ガイドは自分が持っている鍵束をがちゃがちゃ鳴らし、せかせか音を立てて歩き回り、大きな声で歌を歌い、乱暴にロシア語でわれわれの悪口を言い出した。実際、ガイドはこちらの衿首をつかんで引きずって行かないだけで、他のあらゆることをやった。われわれはことばがわからないのをよいことにして、頑固にガイドのことなど無視しながら、我慢ぎりぎりの快適さ加減で、同じ屋根の下にある複数の教会を見てまわった。

教会にはそれぞれに特色があった。しかし金色の内陣仕切りや色彩フレスコ画が壁全体からドームの上まで続いているところはどこでも共通している。

次に宝物殿へ行き、玉座、王冠、宝飾品を見た。見ているうちに、だんだんとこうした三種類の珍しいものがまるで垣根のヤブイチゴに劣らずふつうのありきたりのものに思われてきた。玉座には真珠が文字通り雨のように注いでいるものもあった。それから宮殿のなかを見てまわった。そこを見たあとでは、他の宮殿はみな小さく貧弱に見えてしまう。接見の間というのを見たが、その一つを歩幅で測ると長さはおよそ八十ヤード〔七十三メートル〕、巾はおよそ二十五から三十ヤード〔二十三〜二十七メートル〕はあろうと思われる。この大きさのものが少なくとも二部屋はあった。ほかにも大きい部屋がたくさんあった。天井が高く、精巧な装飾が全体を飾り、サテンウッドをはめ込んだ床からフレスコ画の天井に至るまで、ふんだんに金箔をかぶせている。住いになっている部屋は壁紙の代わりに絹やサテンを使っていた。まるで主《あるじ》の財には際限がないようなしつらえであらゆる調度品がととのえてある。次に聖具室へ行った。そこは口では言いようもない富を費やし、真珠や宝石をびっしりと縫い付けた祭服、十字架、イコンなどがあり、また、巨大な銀の大鍋が三つあった。その鍋で作られた聖油は洗礼などに使うもので、ここから十六の主教区へ配られている。

ディナーのあとに、約束していたペニー氏のところへ行く。そこからペニー氏の案内でロシアの結婚式を見に行った。非常におもしろいと思った。

結婚式には大聖堂から大勢の聖歌隊が来て、礼拝が始まる前から長い美しい聖歌を歌っていた。教会の執事は聖母被昇天教会から来ていて、実に立派なバスの声で礼拝の叙唱の部分を歌った。音調を、仮にそういうことができるとして一度に半音階以下と思うが、少しずつ上げていき、音階を上げるにしたがって声も徐々に大きくなり、最後の声は大合唱のように教会全体に朗々と響き渡った。一人の人間の声があれほど見事なことをやってのけられるとは想像すらできないことだ。

結婚式のなかでは結婚したふたりに冠をかぶせる場面があり、おかしいというか奇

ロシア正教の結婚式 （8月5日）

A Russian-orthodox Wedding. (5 August.)

妙なものだった。司祭は金の冠二つを先ずふたりの前でゆるやかに動かし、それから頭に載せた。というよりも気の毒な新郎は自分でかぶることになった。しかし新婦の方は賢明にも髪の毛を複雑な結い方にしてレースのベールを着けていたので、それを頭に載せることはできない。そこで冠は友人が頭上に捧げてくれた。新郎は普通のイヴニング・スーツを着て、王さまのように冠をかぶり、手にはろうそくを持ち、惨めな諦めの表情である。これほど滑稽に見えなければ気の毒に思ったことだろう。

式が終わり、参列者が出て行くと司祭は私たちを招いて教会の東の端、金の門の後ろ側を見せてくれた。それから堅い握手と平和の口づけ、これを平服の私までが配分にあずかり、そうしてやっと解放してくれた。夜は、親切な友人ペニー夫妻の家で過ごした。

八月六日（火）〔モスクワ：ニージュヌイ・ノボゴロド〕

ペニー氏が親切にいっしょにきてドゥヴォール（市《いち》）を見てまわり、いちばん良いイコンを買うのはどこがよいかなどを教えてくれた。そこへ行く前にイワン・タワー

モスクワのクレムリンのイワン・タワー　(8月6日)

The Ivan Tower, Moscow. (6 August.)

に上ってモスクワのすばらしい風景をみた。周囲には尖塔と金色のドームが日の光のなかで輝いていた。五時半にウェア兄弟ふたりといっしょにニージュヌイ・ノボゴロドへ向かった。この遠征は初めから終わりまでことごとく不便きわまりないものであったが、行った甲斐はじゅうぶんにあった。ウェア兄弟は自分たちのために使い走りする者を連れてきていた。フランス語とロシア語が話せる男なので、市で買い物をするときにはずいぶんと役に立った。

われわれが利用した鉄道には「寝台車」というものは知られざる贅沢品で、そのため、普通二等車でなんとか我慢するほかはない。私は行きも帰りも床の上で寝た。夕方七時から翌日の昼過ぎまで続いた単調な道中にただ一度起きた――救いとはとても言えない――変化は、鉄橋が洪水で流されていたため、乗客はみな列車から降りて川に架かる仮設の歩行者用の橋を歩いたことだ。その結果、二百人か三百人の乗客は降りしきる雨のなかをおよそ一マイル〔一・六キロ〕ほどをとぼとぼと歩いたのである。事故が起きていた。それでわれわれの列車は遅れた。結局、最初の予定通り午後帰ることにすると、ワールドフェアを見る時間は二時間半ほどしかない。これでは難儀をしてここまで来て、また運賃を払った甲斐もないので、宿をとり翌日まで留まることにした。そこで、スミルノヴァヤかなにかそういう名前のホテルに行った。間違いなくこの町では最上だ。しかし実にひどいところだ。食べさせているものは非常に良い。それ以外は非常に悪い。ただひとつ慰めといえば、ディナーの席についている間じゅうわれわれ宿泊客が、六、七人いるウェイターたちにとってはこのうえもなく珍しい見せものになっていた、ということだ。白のチュニックを着て腰に紐を締め一列に並んでいるウエイターたちは、目の前でものを食べている奇妙な動物の群れに心を奪われて眺めていた。時たま彼らはわれにかえり、この世の大事であるウェイターの務めを怠っていることに気がついて、みんな急いで部屋の向こう側にある大きな引き出しに行った。なかにあるものは、スプーンとフォークだけらしい。何かものを頼むと、ウェイターたちは先ずびっくりして互いに顔を見交わし、それから仲間の誰がその注文をいちばんよく理解できたかを確かめて、みんなでその男のすることを真似した。それはいつも決まってあの大きな引き出しのところへ行くことだった。

午後は市《いち》を見てまわり、イコンなどを買った。

ここには驚くようなことがたくさんある。ペルシャ人たち、中国人たち、その他の人たちそれぞれに、決まった居住区があり、歩いていると、不健康な顔色をした者や話に聞いたこともない衣装を付けた者など、変わった人間に出合う。

ペルシャ人は、穏やかで知的な顔をしている。目は間隔が開いて細長く、黒い髪、黄土色の肌、それにどこか擲弾兵《てきだんへい》に似た黒い毛皮のトルコ帽を被り、およそここで見かける人々のなかではいちばん絵になっている。

この日のできごとは珍しいことばかりだったが、その珍しさもすっかり影が薄くなるようなものを日暮れどきに見た。ちょうど日没の時に、此処にただ一つあるモスクのところに来た。すると、勤行を告げる役目の者が屋上に出て　が、祈りを呼びかける声を上げた。呼びかけ自体は変わっているとは言えないが、今までに聞いたこともない、珍しくて他に類をみない、非常に変わった声である。朗誦の始めはいつも早い一本調子で発声され、徐々に上がり最後は長く延ばして甲高くむせぶような声で終わる。その声は頭上を漂って、静かな空気のなかに名状し難い悲しい幻影のようなものを残した。夜なかに聞けば、死者を予告するというバンシーの叫び声にも似て、人をぞっとさせるのに違いない。

吟じる声に応じて人々はすぐに礼拝に集まってきた。なかに入っていくときには、ひとりずつみな自分の履き物を脇に除けている。私たちはラビの長から入り口に立って見ることを許された。礼拝の形はメッカの方角に向かって立ち、さっと膝をついて額を敷物に触れて、立ち上がる。これを一、二回繰り返すと、それからまた数分間は動かずにじっと立っている。

帰る途中で、とある教会に寄ってみた。ちょうど晩祷の最中だった。イコン、ろうそく、十字を切って礼をするなど、礼拝に伴うことはどこもみな同じである。

夜、ウェア兄弟の弟の方といっしょにニージュヌイ劇場に行った。ここはこれまでに見たなかではいちばん装飾のない劇場で、壁の石灰が唯一の飾りということになるだろう。非常に広い劇場内には十分の一も人が入っていない。そのせいで涼しくて気持はよい。公演はみなロシア語で、われわれには難しかった。ただ、辞書を引いて苦心しながらビラを読み、なんとなく話の見当をつけた。最初の、そして最上の出し物は「アラジンと魔法のランプ」で、これはバーレスクである。なかには第一級の演技もあり、歌と踊りも結構よい。役者たちは自分の役どころになりきって他の役者の演技に合わせ、また客席を盗み見たりしないのは珍しく、初めてのことである。「アラジン」役を演じたレンスキィという役者と、別の芝居に出ていたソローキナという女優は演技がうまい。他には「コーチシナ」と「大尉の娘」があった。

八月七日（水）〔ニージュニヌイ：ノボゴロド：列車内〕

昨夜は、板の上におよそ一インチ〔二・五センチ〕足らずの厚さのマットレス一枚と枕、シーツ一枚、上掛け一枚のベッドで寝た。朝食は大きな美味しい魚がメインで、それはスターレットという、骨がないといってもよいような魚だ。朝食後に大聖堂とミニン・タワーを見学した。大聖堂では大きなミサ聖祭があり、軍人たちで混んでいた。かなり待ってから非常にきれいな聖歌が聞こえてきた。

ミニン・タワーからは町全体の見晴らしが素晴らしい。ボルガ河は、はるか遠くまで曲がりながら霞んでいく。もう一度ドゥヴォールを見物して、三時頃に帰途についた。帰りの道中も、仮にそのようなことがありうるとすれば往きよりももっと苦しい

「モスクワ」ルアルグ（1853年）

Moscow Rouargue (1853)

「モスクワの聖ワシーリー大聖堂」D. ビドゥゴショイ（1840年）　*The Cathedral of St Basil, Moscow* D. Bydgoszoy (1840)

目に遭う旅の果てに、翌朝九時頃モスクワに到着した。疲れてはいたが見てきたものすべてに満足していた。

八月九日（金）〔モスクワ〕

今日は、シミョーノフ修道院をウェア兄弟といっしょに見学しただけ。塔に登りながら階段を数えると三八六段あった。塔のいちばん上から見た景色はスパローヒルズから見るよりもモスクワが近く、よく見えたように思う。修道院の礼拝堂、墓地、それに大食堂を見学した。礼拝堂はフレスコ画などの装飾が美しい。そのなかに奇妙な、怪奇とも思われる梁《はり》と塵《ちり》の絵があった。修道士のパンの味見をした。確かに食べられはするが、おいしくはない。ウェア兄弟の兄の方が、夕方私といっしょにモスクワの「小劇場」に行った。大きくてきれいな建物である。ずいぶんたくさんの観客が入っていた。「市長の結婚」と「女の秘密」は大喝采を浴びた。ただどちらもすべてロシア語で、「アラジン」ほどはおもしろくなかった。

八月十日（土）〔モスクワ〕

午前中は紹介状を持っていくつか訪ねてみたが、みんな不在。午後はペトロフスキー宮殿へ馬車で行き、そこの庭園を歩いた。宮殿は鮮やかな赤と白で、紛れもなく醜悪だ。帰りに、公園の入り口のトウェール門に書いてある献辞を写してきた。

アレクサンドル一世記念碑

一八一二年、フランスによる大火の後
この古き都の数多《あまた》の記念すべき建物を灰燼のなかから救い
慈愛をもって復興させ給う

ペニー氏と食事をした。そのときにコーム氏夫妻およびその姪のナタリー嬢に会う。食事のあとはみんなでシミョーノフ修道院へ行き、非常に長い、しかし非常に美しい礼拝を聞いた。礼拝中、私にはとても珍しいことが一つあった。主司祭が聖書を手にして前に出て、それを掲げていると他の司祭たち、次に修道僧らが二人ずつ並んで前に進み、聖書に口づけした。主司祭はそれから聖書を机の上に置いてその傍に立つと、会衆が歩み寄り、初めに聖書に、それから主司祭の手に口づけした。

八月十一日（日）〔モスクワ〕

今朝は英国教会へ出席した。リドゥンはそこで説教することになっていた。その後、ペニー氏といっしょにモスクワの属主教であるレオニード主教を訪ねた。リドゥンがオルロフ公からの紹介状を持っていた。レオニード主教の応対には非常に満足した。主教の態度は穏やかで、相手の心を捉えて、たちまち気持を楽にさせてしまう人柄だ。訪問は一時間半続いた。帰る前には明日いっしょにトロイツァへ行くことが決まった。大主教と会見できるのではないか、という希望が湧いた。

戻ってから手厚いもてなしをしてくれる友と食事をし、それから彼の案内でストラスノイ女子修道院へ行った。そこの歌は修道女だけの聖歌である。礼拝はもちろん司祭がおこなった。聖書の朗読はすべて修道女がした。礼拝の間にはたくさんの朗読があり、修道女たちは幾度か聖歌隊席から出て朗読者の周りに輪を作った。修道女のなかには、まだ十二才にもならないような年端のいかない者もいた。礼拝の音楽部分はこれまでに行った他の教会の場合とだいたい同じだと思うが、女声の無伴奏の歌声は非常に美しい。

ペニー家で家族の人たちといっしょに簡単な食事をして、そこの夕拝に出た。帰りにクレムリンの柱廊を歩いた。涼しい夕方で、見晴らしもよく、周囲は美しい建物がパノラマに見えて、とてもすばらしい。

八月十二日（月）〔モスクワ：セルギェフ・ポサド：モスクワ〕

実に興味深い一日だった。五時半に朝食をして、七時過ぎに列車でレオニード主教、ペニー氏といっしょにトロイツカ修道院へ向かった。

レオニード主教は英語の知識には制約があるものの、たいへん話し好きで、いっしょに旅して楽しい方だ。

モスクワのクレムリン　(8月11日)

The Kremlin of Moscow. (11 August.)

到着してみると、大聖堂の礼拝はすでに始まっていた。建物全体にひしめいている人々の間を通って、主教は脇の部屋にわれわれを連れて入った。そこは内陣に通じていた。礼拝の間は内陣にいて、聖職者たちが聖体拝領をするのを見ていた。式の間は内陣の扉は閉まり幕が下りているので、会衆は式を見ることができないから、これは特別な計らいであった。

儀式は非常に複雑で、幾度も十字を切り、使用する道具の一つひとつの前で香を振る。しかし、深い敬神の念が溢れていることは見てとれる。礼拝の終わりの頃に一人の修道僧がパンの入った小さな皿を持って回り、リドゥンと私にも差し出した。パンは祝別されたものだから、それをわれわれにも与えてくれたことは、彼らが祈りのなかでリドゥンと私を覚えていてくれたということになる。大聖堂を去る前に修道僧から香部屋《こうべや》へ案内されて、そのあとで、聖職に使う目的で少年たちが多数、絵画と写真の技術を学んでいるところを見学した。

ロシア人の紳士が大聖堂内を親切に案内してフランス語でいろいろと説明してくれて、またイコンを買ったときには値段を尋ねて釣り銭を数えてくれた。この人が別れ

女子修道院内部　　(8月11日)

Inside of a Nunnery.　(11 August.)

を告げてからやっと、それほどまでの気配りをしてくれた人が誰であったかを知った。ヒルコフ公であった。英国人にはあのような心遣いを外国の人に示すことはとてもできないだろう。

絵画室には精密な絵がたくさんあった。なかには板や真珠貝などにイコンを描いたものもある。何を買うかということよりも、何を買わないかを決めることでずいぶん困った。結局、一人が三点ずつ買ったのだが、その三点もなにかの分別で選んだというよりは、時間がないためにそうなったようなことだ。香部屋は秘宝や刺繡を施した品、十字架、聖杯などの宝庫である。そこの有名な石というのを見た。磨いて聖像として置いてある石で、中に複数の層が見られ、(とにかくはっきりと)一人の修道僧が十字架の前で祈っている姿がある。しかし自分の目で確かに見ても、そのように複雑な現象が自然に起きるというのは、とても信じられない。

午後は大主教の公邸に行った。大主教にはレオニード主教から紹介を受けた。大主教はロシア語だけをお話なさるので、リドゥンとのとても興味深い一時間以上続いた会話は、まことに変わったやり方で進んだ。すなわち、大主教はロシア語で所見を述

フィラレート大主教　（8月12日）

Philaret, the Metropolitan of Moscow. (12 August.)

ヘンリー・パリー・リドゥン（1866年）　ジョージ・リッチモンド

Henry Parry Liddon (1866) George Richmond

National Portrait Gallery

べられる。それを主教が英語に通訳される。リドゥンは大主教の見解にフランス語でお応えする。主教はリドゥンの応えを大主教へロシア語で繰り返した。その結果、まったく二人だけでおこなわれた会話に三つの言語が使われた！

レオニード主教は親切にこちらのためにフランス語が話せる神学生に案内をさせられた。神学生はたいそう熱心で、隠者たちのいる地下室を見に連れて行ってくれた。なかには何年もそこに住み続けている人もあった。実際に住んでいる部屋の入り口を二つ見せられた。通路は暗くて細く、ひとりずつろうそくを手にもって進むと小さい穴蔵の入り口の低い狭いドアが見えた。そのなかに、ランプの明かり一つで、日夜孤独と沈黙のうちに人が住んでいるのだとわかると、奇妙な、とても気持よいとは言えない心地がする。

主教と共に夜遅い列車でモスクワに帰ってきた。今回のロシアの旅のなかで最も印象に残る一日であった。

トロイツキ・インでディナーのときに、ロシアの特産を二つ注文できた。一つはナナカマドの実で作ったビターワインで、ロシア人は食欲増進の食前酒として飲んでいる。名前はリャビーノウォイェという。もうひとつはシチーというスープで、本格的にサワークリームを注ぐ器がついてきて、スープに混ぜて食す。

八月十三日（火）〔モスクワ〕

「水の祝福」の日。盛大な儀式が一部は大聖堂で、一部は川辺でおこなわれた。礼拝は九時に始まった。しかし私は九時半に起きたため、朝食抜きで出かけた。最初に大聖堂へ行った。人が非常に多いので、すぐに外へ出て、川辺で待つ群集のなかに入り行列が通るのを見ることにする。行列は十一時頃になって来た。そのあとで今度は、戻るところを見ることにした。川辺の式は見えないが、行列そのものは非常に立派なものだ。初めに大きいのぼり（というのだろうか）が通った。一つののぼりを男が三人がかりで担いでいた。旗竿は高さがおよそ十五フィート〔四メートル半〕、のぼりは円い盾のような形をしたものであちこちに立ち、たいていは縁の周囲に光の条が射し出して、真ん中に十字架あるいはイコンが描いてある。その数は三十か四十ありそうだ。次に司祭、助祭、聖職者の長い列が続いた。みんな縫い取りと飾りのある法衣を着て、

「水の祝福」の日の大行列　(8月13日)

'Blessing of the Waters'.　(13 August.)

なかには大きなイコンを胸につけている者もいた。続いて、大ろうそく、イコンなどが来た。それから礼装の四人の主教、付き添いの司祭が従った。その後ろから合唱隊の男たち、その後から男の子たちが赤と青の揃いの服を着て続いた。群集は非常に多いが、みな秩序正しく気持がよい。一度だけ騒ぎが起きた。それは行列の最後に助祭のひとりが川から水の入った器を持ってきたときで、近くにいた誰も彼もがその器に唇をつけようと殺到した。水はまわりで見ている者にはね返り、ほとんどこぼれてしまった。十二時半を過ぎた頃、朝食に戻る。

一日中、大祝祭日の祝いが続く。午後は祭りの市を見て歩いたが、特にロシアらしいものはなかった。水平になった大きな輪の周りからぶら下がっている木馬に乗る遊びは、可愛らしいが知的なところがない。これに乗って遊ぶ人の年令が変わっている。難しい顔つきの中年の男たちや、なかには兵隊の服を着たものもいる。彼らが昔は馬に見えていたものにまたがって、楽しいことを思い描いているらしいところが、英国とはまるでちがう。小さなサーカスなどがたくさんあり、表には大きな絵が出ている。その絵のなかの芸人たちは、腕も足も関節が外れているような姿に描かれて、仮に腕と足の関節が完全に外れていなかったら非常に難しいと思われる演技をしている。食べものを売っている屋台がある。生魚と干した豆が祝いの日の食事らしい。

夕方は動物園へ行く。鳥や動物を見たあとで、色のランプを巡らした木の下に座り、チロル地方の人の歌うのを聞いた。気持のよい演奏だ。

八月十四日（水）〔モスクワ〕

午前中に銀行とドゥヴォールへ行った。モスクワ・トラクティールで純ロシア料理をロシアワインといっしょに味わった。メニューを挙げると、

Суп и пирожки　スープ・イ・ピロシキー
Поросёнок　ポロショーノック
Осетрина　アセトリーナ
Котлеты　コトレーチ
Мороженое　モロージェノエ
Крымское　クルィムスコエ

澄んだスープには刻んだ野菜と鳥の足が入っている。スープといっしょに食べるピロシキーは、固茹で卵が入った揚げパンである。ポロショーノックは冷製のポークスライスで、叩いたホースラディッシュとクリームで作ったソースが付いている。アセトリーナはちょうざめで、これも冷たい料理。「付け合わせ」はクローフィッシュ、オリーブ、ケッパー、それに濃いグレーヴィのようなものが出た。カツレツことコトレーチは、小牛だと思う。モロージェノェは、アイスクリームのことで、これはおいしかった。一つはレモン、一つは黒すぐりでわたしは初めてだった。クリミア産ワインも非常によかった。実際、ちょうざめのスープを別として、ディナー全体は非常によいものだった。

夜は、今では習慣のようになってきた、もてなし上手の友人ペニー夫妻と過ごした。そこへ行く前に、　修道院へ寄った。この修道院には美しい墓地がある。そこの墓石は全体として非常によい趣味で美的センスが表れている。なかには燃えているランプを十字架にはめ込んで、両面をガラスで保護したものもあった。

八月十五日（木）〔モスクワ―新エルサレム〕

朝早い列車で新エルサレムの修道院へ行くために、六時頃に朝食。ペニー氏の友人でスパイア氏という人が、その修道院の先にある自分の家に帰るので、われわれに同行しようと親切に言ってくれた。簡単に一日で見てこられるものと考えていたが、それはまったくの見当違いとわかった。

列車による旅は十時頃まで続いた。さらに、昔のバルーシュ型馬車の胴体部分が衝撃吸収のために前後の車軸間距離を二倍の長さにとってあるタランタスというものを雇って、轍《わだち》の跡や、ドブや深いぬかるみなどで最悪になっている道路や、丸太をぞんざいに並べただけの橋を十四マイル〔二十二キロ〕以上もがたがたと揺られていった。馬三頭が引く乗物でこの距離を三時間近くかかった。

途中で、確かミュア氏の助言に従い、とある農家に立ち寄り、パンと牛乳を貰った。これは家のなかと彼らの暮らしぶりを見る口実であった。その家には男が二人、年取った女と年の頃はいろいろな男の子が六、七人いた。黒パンと牛乳は、どちらもと

ロシアの農夫 (8月15日)

The Russian Peasants. (15 August.)

てもおいしかった。こうしてロシアの農民の家のなかを実際に見ることができるのは、たいそう興味深い。スケッチを二枚した。一枚は家のなかを、一枚は外を。外のスケッチには男の子のうちの六人と女の子一人とをいっしょに描いた。カメラがあったらよい写真が撮れたはずだが、私のスケッチではうまくできない。

修道院の隣の村に着いた時は二時頃になっていた。そこでわかったのは、夜のうちにモスクワに帰るには三時には出なければならないということだった。そこで聖墳墓教会をさっと見学し、それから宿駅には馬があると聞いていたから伝言して新しい馬を馬車に付けて置くようにと頼んでおいた。ところが宿駅に戻ってみると出かける準備はなにもできていない。新しい馬はいない。あるのは来たときの疲れた馬だけだ。ここで計画は暗礁に乗り上げた。御者《ぎょしゃ》も周りの者たちもみな、スパイア氏だけにわかる騒々しいロシア語で、とても無理な話だと口を揃えて言う。仕方なくわれわれは運命に屈することになった。

スパイア氏にはいっしょにホテルまで来てもらい、食事とお茶と部屋、それに朝三時の朝食を注文してもらった。スパイア氏は、このあたりはどこへ行ってもロシア語

ロシア人の馭者　　(8月15日)

A Russian Driver.　(15 August.)

を話す人しかいませんから、と念を押してくれた。彼が馬車で立ち去ったとき、ホテルの入り口に佇むリドゥンと私は、旅行中これまでに経験したことのないあてどなさ、ロビンソン・クルーソーの気分に襲われていた。

修道院へ行った。ホテルの者がいっしょに行って、われわれをロシア人の修道士の手に預けた。正真正銘のロシア人で、他の言語はすべて無視してしまう。この人に私のロシア語で作った文を披露して言ってみた。「ここには誰かフランス語か、ドイツ語か、あるいは英語の話せる人はいますか?」。このささやかな文がわれわれの運命を変えることになった。すぐに別の修道士に紹介された。その人はみごとな、だが私にはかろうじて理解できるフランス語を話して、この日はほとんどずっと行動を共にして親切に便宜をはかってくれた。彼は聖墳墓教会をひとわたり案内してくれた。そこはエルサレムにある教会をそのまま複製して造られていて、図書室も香部屋も、みなたいそう興味深いものである。しかしここだけの特別なものはない。もっとも、聖具室で見たのがまがいの駝鳥の卵ならそれは別だが。その卵は片端にある穴から光に向かって覗くと、十字架の前でひざまずいている女性の、色を付けた絵姿が立体的に見えた。

ホテルのディナーにいく時間がきたので、いったん帰る。その前に親切に案内をしてくれた人には、戻ってきたときにもまた頼みたいと予約をしておいた。

食事を終えて修道院へ戻って行くと、修道僧は自分の住まいにわれわれを案内してくれた。そこは髑髏《どくろ》や骨でできた十字架などというものを想像させる修道室ではなく、感じのよい面会室で、ちょっとしたお茶会が始まっていた。上品な婦人が二人、母親と娘で、それにたぶん父親と思われる紳士がいた。年輩の婦人はなんとかフランス語を話し、若い方の女性はたいそう上手に英語を話した。彼女はモスクワの学校でフランス語を教えていると語り、見るからに教育があり頭もよかった。とても楽しい席で、またあまり突然に思いがけない出会いなので、夢のように思われた。お茶のあとで、みんなはわれわれについて来て修道院のなかを見せてくれた。皇帝の一家がここに来たときに泊まる部屋というのを見た。いろいろと見学したなかには「ベツレヘム」という主がお生まれになった所をそっくり再現した小部屋もあった。さらに修道僧は森のなかにある隠者の住処というところへ案内してくれた。そこはニコンが世を逃れて入った所である。

出口へ行く途中に修道僧がやっているみやげもの売り場のようなところがあり、そこで「三本の手のマドンナ」の小さい複製画を買った。礼拝堂の一つにこのイコンの大きいのがあった。処女《おとめ》マリアの姿を記念して描いたもので、礼拝堂にあるのと同じ姿で第三の手が下の方から出ている。

森のなかでは「ヨルダン川」と「ベテスダの池」を見た。そこは中央にほんものの池を持つ小さな家で、池に降りて行く段々がある。別の小さい家というか社《やしろ》は、「サマリアの井戸」とよばれている。

ところで、隠遁所は今までに見たどんなものよりも驚異である。外から見ると小さな家のようだが、内部にはたくさんの部屋があり、たいへん小さい造りで、部屋とも言えないようなものが天井の低い細い通路とぐるぐる回るらせん階段でつながっている。寝室は縦横およそ六フィート〔一・八メートル〕、ベッドは長さがわずか五フィート九インチ〔一・七三メートル〕の石造りで、石の枕がある。ベッドはちょうど部屋の片側の端から端に納まり、足元の壁には足先が入るだけの窪みがついている。主教は背の高い方だったので、いつも窮屈な姿勢で横になっておられたのにちがいない。全体は家というよりも家のおもちゃのようである。主教は禁欲の生活を間断なく送っていたにちがいない。それをしのぐのは同じ所にいた修行者だけで、その人の場合は高さおよそ四フィート〔一・二メートル〕程の入口のついた小さな地下室に住み、日の光は一日にほんのわずか射すだけの生活だった。

お茶のときにいた人たちは森のなかで出会うといっしょに帰ってきた。それから間もなく彼らの親切にたくさんお礼を述べて、新しい友人たちに別れを告げ、侘びしいホテルへ戻って行った。そこはロシア語しか通じないのだ。

ところが、運命は再びわれわれに味方してくれた。玄関で宿の主人に出会うと、彼は幾度もお辞儀と身振りを繰り返しながらホテルに泊まっているロシア人の紳士を紹介してくれた。その人はフランス語を話し、親切にわれわれが望むことをみなホテルに交渉して、いっしょに座り十二時過ぎまで話をしていた。宿の主人は酒が入ると少し度が過ぎたのか、だいぶ正気を失った様子で、時折テーブルにやって来ては握手を求め友情を示した。ロシア人の紳士の話では、この主人は三流ではあるが貴族だった。ところが、およそ百万ルーブル〔十二億円〕の財産を失い、その不運で頭がおかしくなってしまったそうだ。主人は勘定書を作るために、最後の会見に入ってくると、こちらが翌朝非常に早く立つことにしているために、支払いを済ませてもらいたいと言った。勘定を紙の切れ端に鉛筆で書きながら、いろいろな項目を口に出して大きな声で読み上げ、それから全部足してくれと私に紙を渡した。足し算をしてやってから私は「ザ・トゥハーディ」、奉仕料、という一項目を加えておいた。主人はお金を受け取りながら立ち上がり、部屋の隅のイコンに向かって礼をし、そうしながら十字を切った。それからリドゥンの手を取ると両頬に口づけをした。私も同じような情愛のこもった別れの挨拶を受けなければならなかった。そうしてやっと、辛うじて三時間半の睡眠をとることになった。しかし、それもロシア人の友人が最後のお喋りに入ってきたために、二時間半に縮まった。

八月十六日（金）〔新エルサレム ― モスクワ〕

三時に起こされて朝食の後、プロリョートゥカを待つが来ないために探しにいくと、

馬の引く乗物と宿駅　(8 月 16 日)

A Horse-drawn-carriage and a ‘Post-House’.　(16 August.)

ちょうど宿駅の中庭から出てくるところだった。こうして四時にはまた三時間がかかりの悪路を戻る旅が始まった。途中は美しい夜明けの景色が眺められ、またすぐ後ろをついてくる荷馬車の鈴の音にも慰められた。

モスクワに帰ってくると、ペニー氏がリドゥンを大修道院長　　　に会わせようとして待っていた。その人とは長いこと話をした。終わってから、もう一度ドゥヴォールを見てまわった。それから捨て子養育院に行った。施設の責任者がいなかったため、全体を見学することはできなかった。年長の子どもたちは田舎に行っていた。建物には長い大きな廊下がたくさんあり、ベッドが多数あり、保母さんたちやたくさんの赤ん坊がいた。小さい子どもたちは清潔で世話が行き届いて気持よさそうにみえる。夕方はペトゥローフスキー公園に馬車で行き、そこでしばらく軍楽隊の演奏を聴いた。

八月十七日（土）〔モスクワ〕

トロイツァで五十周年の祝日。祝いの行事を見るためにモスクワに留まっていた。

モスクワ近郊のトロイシェ・セルギェフ大修道院　(8月17日)

Troitse-Sergiev Monastery in Moscow.　(17 August.)

そうしてすばらしいものが見られるだろうと楽しみにしていたが、失望に終わった。レオニード主教の約束では教会のなかへいっしょに入り、内陣へ続く以前にも行ったことのある脇部屋に入ることになっていた。ところが主教がどこにも見つからない。そこでなかへ入り、この前入った部屋のちょうど向かい側の部屋まで行くことはできたが、なにが進行しているのかをほとんど、というかまったく見ることができない。しばらくして私はまた外に出た。それからひとりで歩いて反対側へ回ってみた。ここでは前へ進むことのできるチャンスをとにかく捉えて、いつの間にか主教がわれわれを連れて行くと約束していたその部屋に入っていた。気がつくと、私は実に妙な立場にあった。つまり主教たち、聖職者たちのなかにいて私一人だけが平服なので、私がそこに居るどんな資格もまったくないということははっきりとしていた。しかし、誰も私に気づいてはいなかったので、そのまま留まっていると、主教たちや礼拝の一部がよく見えた。

結局、レオニード主教は現れなかった。あとになってから、主教はほかの教会で礼拝をおこなっていたのだということを知った。この落胆の埋め合わせに、修道院を一つ見学し、それからトロィツェ・セルギェフ大修道院の高い塔に登った。そこはすばらしい景色が広がり、望遠鏡でのぞくと地平線に一群の塔が見えた。四十マイル〔六十四キロ〕ほど離れたモスクワにちがいない。

八月十八日（日）〔モスクワ〕

九時に、レオニード主教の教会「聖母の被昇天教会」へ行った。主教がいっしょに連れて入ってくれるものと思って外で待っていた。すると一人の紳士が来て主教の名前で先にわれわれを中に入れ、内陣の南側にある小部屋に通してくれた。リドゥンはずっと礼拝に参加していたが、私は途中で英国教会に行くために外に出た。

ペニー家の人々と食事をして、夕べの礼拝の後で、再びお茶に行った。帰途にクレムリンを通って、あの建物が非常に美しく連なる光景を最後に目に焼き付けた。おそらくもっとも美しく見える景観を眺められたと思う。冷たく澄んだ月の光を浴びて建物の壁も塔も純白に浮かび上がり、金色のドームの先端がきらめいていた。それは太陽の光では決して見せることのできない光景である。というのも、そこに見たような、

モスクワの聖母被昇天教会　(8 月 18 日)

Inside the Church of the Assumption.   (18 August.)

闇のなかにすべてを置いて輝かせて見せることが太陽の光にはできないことだから。

八月十九日（月）〔モスクワ―列車内〕

喫茶室で朝食をしながら、アメリカ人とだいぶ話をした。奥さんと小さい男の子を連れてきていた。とても気持のよい人たちであった。別れ際に名刺をくれた。「R・M・ハント　一八六七年国際博覧会国際審査委員会委員　ニューヨーク　五十一W十番n　B八　スタジオ」と書いてある。もし私がニューヨークへ行くことがあれば、このなぞめいた住所を誰かに解き明かしてもらうことができるかもしれない。

朝のうちは出発の準備で過ぎた。二時にはペテルブルグ行きの列車に乗った。幾重の親切のうえに、さらに見送りにもきてくれた牧師館の友人は、旅の途中の元気づけにと、自家製の美味しいキメルを一本持ってきてくれた。

私たちは寝台切符を持っていたが、同じ車両には他にもうひとり紳士がいた。窓を開けることができれば、あとはどうにかなったのだが、（見たところ知名の人らしい）その人には風邪をひいているからと、窓を開けるのを断られてしまった。第三のベッドは自然のなりゆきとしていちばん若年者すなわち筆者に割り当てとなるもので、これは二つのベッドと交差して、頭が片方のベッドの下に入り、足がもう一つのベッドの下に入って、あとはまったく動かしようがない。私は車内での窒息と休息よりも、列車の最後部にあるデッキに出て、そこの新鮮な空気と疲労の方を選んだ。朝の五時から六時の間は中に入ってうたた寝をした。十時前にはもう一度クレ・ホテルに来ていた。

八月二十日（火）〔モスクワ — ペテルブルグ〕

たっぷりの朝食を済ませたあとで、リドゥンは休憩して手紙を書き、私は買い物などをしに出かけた。まずガレルネ通り六十一番の家にミュア氏を訪ねるためにドゥロシキを雇った。初めに馭者とは三十コペクスでと交渉しておいた（馭者は最初四十欲しがった）。着いてからそこでひと騒ぎがあった。ドゥロシキ乗りの新しい経験である。馭者は私が外に出ると、「ソロック」でことを開始した。これから起きる嵐の前触れである。しかし、それには素知らぬ振りで、黙って三十を手渡した。馭者は嘲りと怒りを口にしながらそれを取ると、開いた手に札を延ばして見せながらロシア語で流暢《りゅうちょう》な演説をやった。ソロックがその主たる論点である。好奇心からおもしろそうに近くに立って見ていた女には多分その言っていることがわかったようだ。私にはわからなかった。ただ手を伸ばすと三十を取り財布に入れ、代わりに二十五を数えた。私はこうしながら、シャワーバスの紐を力任せに引いている人の心地がした。結果はまさにそのとおり。馭者の怒りはたちまち煮えたぎって降りそそぎ、それまでの騒ぎなど影が薄れてしまった。

私は馭者にたいそうひどいロシア語で告げた、一度は三十を出した、だが二度とはしないと。ところが、わからないことにこれが少しも彼をなだめる役には立たなかった。ミュア氏の下僕が馭者に同じ事を長々と話し、最後にはミュア氏が出てきて事の要点をきっぱりと短く言った。馭者はそれでも問題をしかるべく理解できなかった。世のなかには納得させるのが難しい人もいるものだ。

モルスコイ大通りにあるすばらしいレストラン、ボレルで食事をした。最上のディナーにバーガンディが一本ついて五ルーブル〔六千円〕だった。

八月二十一日（水）〔ペテルブルグ〕

朝食後まもなくプチャーチン伯爵がリドゥンを訪ねてきた。われわれがエルミタージュの見学を予定していると聞くと、とても親切に案内を申し出て、絵画館ばかりか冬宮殿のなかを通り、英国の皇太子のためにあてられていたひと続きの部屋や、礼拝堂など、そのどれも一般の見学者には入れないところを見せてもらった。絵画館では前回見られなかったところ、特にロシア派の絵が興味深い。たいそうすばらしい絵が何枚かある。ブルーニによる「荒野で蛇を上げるモーゼ」という非常に大きな一枚があった。ざっと測ってみたところ、巾が二十七フィート〔八・二メートル〕、高さは十八フィート〔五・四メートル〕もある。構想の壮大なこと、イスラエル人の群集に表れた実に様々な表情、敬虔、恐れ、絶望の表情、さらに傷を負ったもの、死んでいくものなど、これはまさに叙事詩である。その絵のなかで強く印象に残っているのは、画面手前の中央で筋骨逞しい男が死の苦悶に身をよじらせて、その手足には一匹の蛇がきらりと光るとぐろを巻き、からみついている姿であった。

ところでロシア絵画のなかでも最も印象的なものは海の絵と言えるだろう。最近この美術館で購入して、まだ番号も付いていないものがあった。それは嵐の場面で、難破船の帆柱に生存者が数人取りすがり画面の手前を漂っている。後ろには次々とうち寄せる波が山のように大きく、その波頭は怒り狂った風のために激しい水しぶきとなって砕け散る。一方、水平線近くの太陽の光は、高く上がった波を透かして薄緑色に映え、光は水を通り抜けてきているような錯覚を起こさせる。他所で同じような絵を見たことはあるが、これほど見事なできばえのものは初めてだ。

午後はイサーク教会のいちばん上までのぼった。そこから見える町の景色はとてもよかった。緑や赤の屋根がある白い家々が澄み切った陽光を受けて林立し、すばらしい風景になっている。ネブスキーにあるドミニックの店で食事をし、それから上流階級の住宅地を馬車で走った。美しい小さな別荘が並び、家のまわりは趣味のよいきれいな庭になっている。冬が来る頃には花はみんな屋内に入れなければならないだろう。私たちの通ったところは見るからにロトゥン・ロゥのような上流の人々のドライブ道になっていた。

八月二十二日（木）〔ペテルブルグ：クロンシタット：ペテルブルグ〕

マクスウィニー氏の親切な招待を受けて、九時にクロンシタットへ出かけた。いろいろと興味深い一日であった。マクスウィニー氏は先ず造船所と造兵廠《ぞうへいしょう》のなかを案内してくれた。詳しく見る時間はなかったが、そこの工事が非常に大がかりな規模で進められているということや、戦争の時に使用できる物資の、おおよその規模を知ることはできた。指揮官が内部を案内してくれた。

造兵廠で変わったものを見た。砲艦「ヴァルチャー」が搭載していた英国軍の大砲で、艦が漂着して戦利品になっていた。

「地球の磁場観測所」を見学した。そこの所長のヴィパヴェニェツ司令官に紹介を受けた。彼は英語のようなことばで自分の専門分野の理論と実践について説明してくれた。私にはまったく理解できない内容だから、たとえスラブ祖語で話されたとしても変わりはないだろう。別れ際に丁寧にそのテーマに関する自分の著作を贈呈された。残念ながらそれはロシア語で書かれていた。

クロンシュタット沖合の停泊地　(8月22日)

Roadstead near Cronstadt.　(22 August.)

ボートを漕いで入り江を渡り、建設中の巨大な造船所を詳しく見学した。壁は厚く堅い花崗岩で、外側になる面も建物の内装に使ってじゅうぶんなくらい滑らかに磨いてある。ちょうどセメントを敷いたところへ一枚の花崗岩を据える作業の最中で、将校の指揮の下にたいして大声を立てることもなく進んでいた。全体は巨大な蟻の巣に似ていて、何百人もの作業員が大きな窪みのなかを隅から隅まで働いて、四方には絶えずハンマーの音が響いている。それを見るとピラミッドの建設のありさまもかくやと思われた。この造船所の建設費用は三百五十万ルーブル〔四十二億円〕くらいらしい。

マクスィニー氏の教会の鐘楼に上った。周辺にはすばらしい景色が広がっている。

マクスィニー家で食事をした。食事が終わると、マクスィニー氏は乗る船が先に出るためにわれわれよりひと足早く家を出た。リドゥンは朝着いたときにここに外套を預けておいたので、帰り際にそれを出してもらうことになった。お手伝いが話すのはロシア語だけで、私は辞書を置いてきてしまい、持ってきた小さな語彙集には「外套」という語が出ていないので、やっかいなことになった。リドゥンはまず着ている上着を指していろいろとジェスチャーをやってみた。上着を半分脱ぐ動作もやってみ

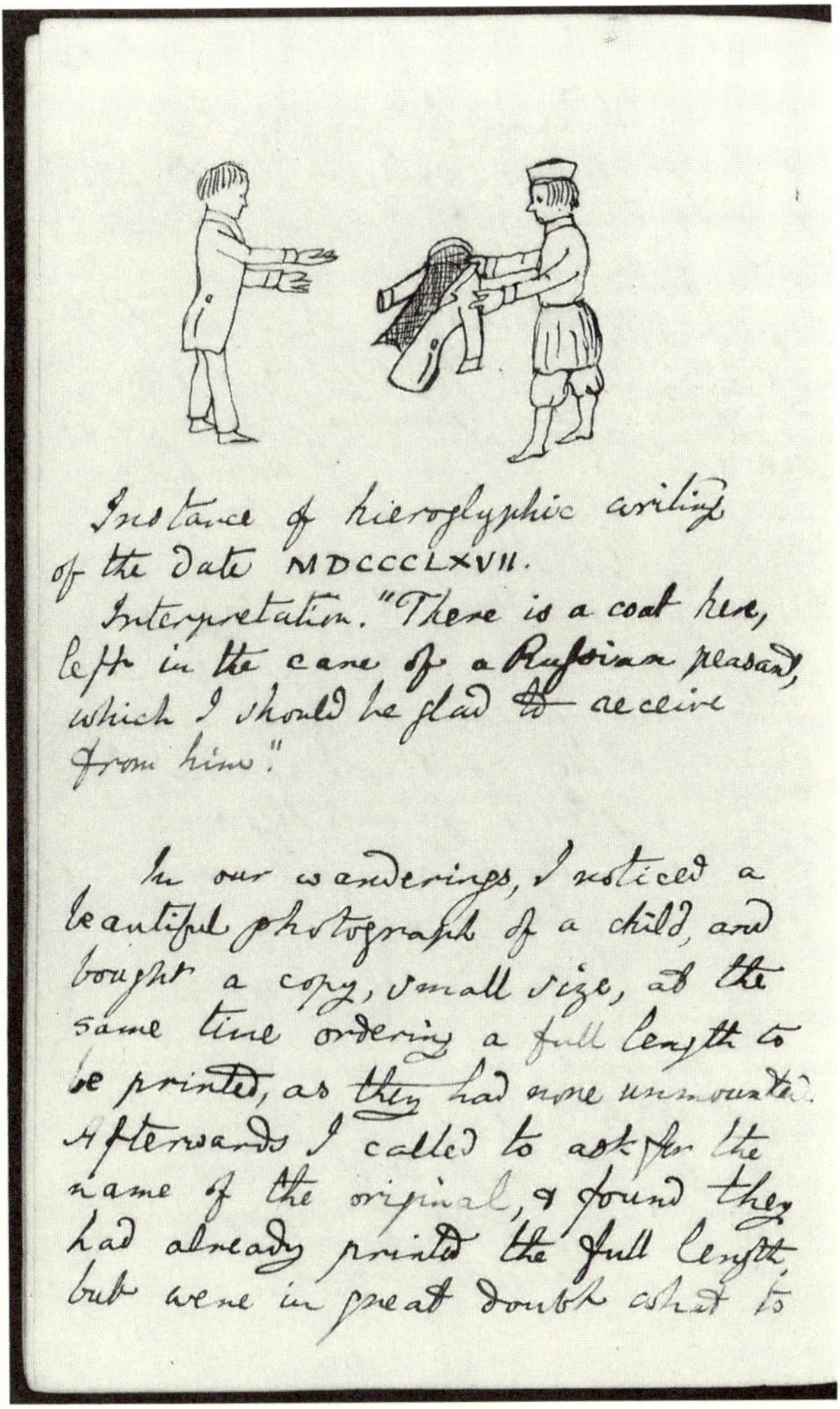

Instance of hieroglyphic writing
of the date MDCCCLXVII.
Interpretation. "There is a coat here,
left in the care of a Russian peasant,
which I should be glad to receive
from him."

In our wanderings, I noticed a
beautiful photograph of a child, and
bought a copy, small size, at the
same time ordering a full length to
be printed, as they had none unmounted.
Afterwards I called to ask for the
name of the original, & found they
had already printed the full length,
but were in great doubt what to

1867 年の象形文字の事例
解読「ここにコートがある
ロシアのお百姓にあずけておいた
それを受けとれると私はうれしい」

キャロルの旅行記の一頁　　　（8 月 22 日）

A page of The Tour 1867 (22 August.)　Princeton University Library

た。ありがたいことにお手伝いはすぐに了解したらしく、部屋を出てしばらくすると戻ってきた。手には大きな洋服ブラシがあった。そこでリドゥンはもっと動きを入れて演技をした。上着を脱いで、それをお手伝いの足元に置き、下を指差し、下方に自分の求めるものがある、ということを明らかにしたうえで、喜びと感謝をもって受け取りたいという意味の笑みを浮かべ、それからまた上着を身に着けた。いま一度、不細工だが表情に富む若い女の顔に理解の閃きが浮かんだ。今回は居なくなってから前よりかなり時間がかかった。手にして戻ってきたのは大きなクッションと枕で、われわれの落胆をよそにソファの上に昼寝の準備をし始めた。これが口のきけない紳士の求めているものだと彼女はしっかり了解していた。そのときよいことを思いついた。紙切れを出し、上着を着ているリドゥンが別のもっと大きい上着をロシアの親切な農夫の手から受け取っているところをざっとスケッチしてみた。象形文字のことばは他の方法が失敗に帰したところでも通用する。ペテルブルグへの帰途には、われわれふたりの文明のレベルも所詮は古代ニネベのあたりまで落ちぶれてしまったという自覚に打ち拉《ひし》がれていたのである。

八月二十三日（金）〔ペテルブルグ〕

今日はいろいろなことをした。トルストイ伯爵の秘書を訪ねた（伯爵は不在だった）。それからトロイツァ教会とお告げの教会を見学した。どちらも内部の装飾がたいへん美しい。アルメニア教会も見学した。ギリシャ教会とは異なって祭壇を隠す幕はない。というよりも、幕はあるのだが祭壇はその手前に出ている。

ぶらぶら歩いているうちに子どものきれいな写真をみつけた。その小さいのを一枚買った。マウントしていないものは置いていなかった。全体像の写真を一枚注文した。あとでその子の名前を聞きに寄ると、すでに注文したプリントはできていた。ところがどうしたらよいかわからないという。店主が子どもの父親に話したところ、写真を人に売るのは認めないと言われたそうだ。もちろんそういうことなら既に買った写真は返すしかない。写真といっしょに父親宛てに私が写真を戻したことを書き、今でもその写真の購入を認めてもらいたいと希望している旨を手紙に書いて預けてきた。

馬車で日没を見に岬へ行った。着いたときにはちょうど太陽が沈んだばかりでたいへん美しい眺めであった。澄んだ空には深い紅と緑の色が照り映え、入り江は鏡のようになめらかで、水の中から出ている灯心草の茂みがその鏡に映っている。対岸は黒い線になり、そこに家々の形が空に向かって黒くくっきりと立ち上がっている。舟がひとつふたつ暮れゆく入り江にゆっくりとしぶきを立てて進んでいく様子は、まるで名も知れない水鳥のようである。

八月二十四日（土）〔ペテルブルグ〕

昨日よりもさらにいろいろなことがあった。幾つか訪問したがどこも不在である。修道院を一つ、教会を一つ二つ見学した。特に書いておくようなことはないが、ある教会では内部の壁にずらりと戦利品を掛け、外側には一定の間隔を置いて大砲を配置し、墓地を巡る柵というのも大砲と鎖の組み合わせでできていた。

夕方はデュサックス・レストランに食事に行った。ところが間もなく注文をした食事ができません、と告げられた。理由はまことにもっともなことで、店が火事だ、というのである。火事といっても煙突だけの話だったのかもしれない。三十分程ですっかり鎮火したようだ。野次馬が集まり消防車二十台ほどがゆっくり整然と到着した。それも並はずれて小さいことが目を引いた。なかには古い水運搬用の荷車で作ったようなものまであった。われわれは向かいのボレルで食事をしながら、窓からその騒ぎを眺めていた。入り口近くにはウェイターたちが集まって、商売仇《しょうばいがたき》の不運に好奇心をのぞかせながら、それでいて同情などはさらさらない様子で眺めていた。

食事のあとでアレクサンドル・ネブスキー修道院の夕拝に出席した。そこの礼拝は、ギリシャ教会で私が聞いた最も美しい礼拝の一つだ。聖歌が非常に美しく、よくある単調さもほとんどない。礼拝中幾度も繰り返されていたある歌などは、曲は同じ繰り返しでも、ことばの方は変化していたのかもしれない。ずいぶん美しい旋律だから、そのまま続けばもっと聞いていたことだろう。主教が二人参列していた。礼拝の後半にはその一人が中央の位置に出て、たぶん聖別した油に浸したものだろうが、小さなブラシで、一人ひとり前に進み出る会衆の額に十字の印をつけた。会衆は初めに机の上に置いてある聖書に口づけし、それから十字の印を受け、多くの場合は主教の手にも口づけした。

八月二十五日（日）〔ペテルブルグ〕

プチャーチン伯爵が約束どおり訪ねてきて、自分の馬車でギリシャ教会へ連れて行ってくれた。伯爵に付いて内陣の幕の後ろへ入った。そこで司式をする大修道院長に紹介を受けた。礼拝はギリシャ語だったので、発音の問題はあるにしても、聖母マリアに言及している一、二か所を別として、典礼の本を見ながらずっとついていくことができた。礼拝のあとに伯爵は私たちをさらにアレクサンドル・ネブスキー修道院へ連れて行き、そこの「神学校」も案内してくれた。およそ八十人の青年がそこで司祭になる教育を受けている。私たちは午後四時の礼拝のために再びこの修道院に戻っていった。

夕方は川沿いをゆっくりと歩いた。ニコライ橋は日没の輝かしい光に包まれて、濃い紅と緑に染まる海を跨《また》いだ線になり、その上を通る人の姿は黒い点となって這うようにゆっくりと動いていた。

八月二十六日（月）〔ペテルブルグ ― 列車内〕

出発の準備以外にはなにもする暇がなかった。写真屋（大モルスカヤ通り四番地のアルティスティチェスカヤ・フォトグラフィア）が写真を持って訪ねてきた。話によれば、父親のゴリーツィン公が写真を私に売る許可を出してくれたという。

二時には列車に乗りワルシャワまでの疲れる旅が始まる。車室は別だが同じ車両にはハント家の人たちもいた。あちらはベルリンに向かうためヴィルナまでいっしょになった。お互いに行き来して私の旅行用のチェス盤が役に立った。ヴィルナには夕方六時に着いた。

車両はほとんど空で、寝るための設備は無いが夜は具合よく休むことができた。

八月二十七日（火）〔列車内 ― ワルシャワ〕

ワルシャワに午後六時頃到着。ホテル・ドゥ・アングルテールまで馬車を雇った。みるからに三流のホテルである。部屋の外の通路にはきわめて人なつこい大きなグレイハウンド犬が我がもの顔に陣取り、部屋のドアがほんの僅かの間でも開くとなかに入ってきた。そうやってしばらくの間は風呂水が来るやいなや飲み干して、使用人の仕事を増やして困らせていた。

八月二十八日（水）〔ワルシャワ〕

ワルシャワをぶらぶら歩いて、教会を何か所か見学した。ここは主にローマカトリック教会で、教会の内部は例によって富と悪趣味とで、ふんだんに金箔を張り、天使のつもりで大理石に彫った醜い赤ん坊の、群とはちょっと言い難く、塊とでも言うのか、そんな石像を積み重ねている。ただし祭壇部分には聖母子像の彫刻などのよいものもいくつかあった。ここは今までに私が訪れた町のなかで、全体として最も騒々しく最も汚い町に入る。

八月二十九日（木）〔ワルシャワ—ブレスロー〕

目覚まし時計で四時に起きた。五時にコーヒーとロールパンが出た。そして六時半には列車でブレスローへ向かった。ブレスローには夕方八時半に到着。道中はプロシアに近づくにつれて田舎でも少しづつ人が住み、畑が作られていた。険しい下等な顔つきのロシア兵士に代わってプロシアの兵士は穏やかで聡明な顔つきをしている。農民そのものもレベルが上で、個性を持ち自発性があるように見える。ロシアの農民の穏やかで立派で高貴ともいえる顔を見ると、いつでもすぐに自分を防御できる人間のようには思われず、むしろ過酷で不当な扱いにも長年黙って耐えてきた従順な動物を思い浮かべてしまう。

宿はゴールデン・グースにした。着いてみると金の卵を産むガチョウはいなかったが、間違いなく「あらゆる人々から最高のホテルという評判」にはじゅうぶん値する所だ。

八月三十日（金）〔ブレスロー〕

午前中は、澄んだ陽光と爽快でかぐわしい風のなかで洗練された古都を歩き教会をのぞいたりした。教会の建物は釣り合いがとれて美しいのが特徴で、非常に高い煉瓦の塔と控え壁それに細い窓を組み合わせた調和は、装飾品にはまったく無縁の美しさがある。

聖マグダラのマリア教会を見た。それから聖クリストファー教会、聖ドロシー教会、これは非常に高い教会の一つで、その周囲を歩いてみようとしたが裏の内庭からの出口がなかった。内庭は女子校の運動場になっている。カメラを据えてみたくなる場所である。ロシアの子どもたちの顔というのは例外的に不器量で、たいていは醜い顔をしていたから、目が大きく繊細な目鼻立ちのドイツ人のなかに戻ってくると、とてもほっとする。

聖ドロシー教会を見て、それから「リング」という、これは四角な大きい広場で、絵のような市庁舎やその他の建物が並び、中央には複数の像が建っていて、周囲はひとつとして同じもののない非常に古風で素敵な破風が続いている、そうした所を通り抜けて、聖エリザベト教会へ行った。この教会ではプロシャでいちばんの高い塔に登った。オーデル川は町と周辺の田園地帯をゆるくカーブして流れている。このすばらしい景色を目にした時は、塔の上まで登った疲れもじゅうぶんに報われた。

リドゥンは午後ひとりで教会をいくつか見に行った。私の方はもうそれ以上は歩け

ブレスローの市庁舎と広場　　　(8月30日)

The Town-hall and the 'Ring' in Bleslau.　(30 August.)

なかった。夕暮れには「ウィンター・ガーデン」へ馬車で行き、ドイツの人たちにとっては欠かせない、彼らの大好きな野外コンサートを聞いた。

八月三十一日（土）〔ブレスロー—ドレスデン〕

聖十字架教会の塔に登った。そこからブレスローが一望に見渡せた。そのあとで新しいローマカトリック教会、現在建築中の聖ミカエル教会を見学した。午後、ドレスデンへ向かい、夜十時半頃にホテル・ドゥ・サックスに着いた。

九月一日（日）〔ドレスデン〕

旅行案内書と地図には「英国の教会」として三つの教会が出ている。そのうち二つは間違いなく非国教会なので、私はどこにも行かなかった。リドゥンはローマカトリック教会の礼拝に出席したので、彼に同行して、しばらくの間はいっしょに教会音楽を聞いていた。

庭園をいくつか歩いてみた。どの園でも来る人をカフェの庭に入らせようとする。

そして入口で入場料を取っている。どこでもそれは同じらしい。そのため公共の場所には背もたれすらないベンチがおいてあるきりだ。

九月二日（月）〔ドレスデン〕

午前中、大きな美術館を見学した。二時間見ると私にはもうじゅうぶんだった。その二時間にしてもあのすばらしい「システィナのマドンナ」を見ているだけでよかった。午後は町のなかを歩いた。それから私は「ロイヤルガーデン」にある劇場に行った。帰りは暗闇のなかをおよそ一マイル〔一・六キロ〕、しかも一部は田舎道になっているところを歩いて、言うまでもなく道に迷ってしまった。

公演はつまらない演技は別として珍しいものだった。私は二番目の出し物のときに入った。まず変わっていたのは観客が拍手のきざしすら見せないままで道具幕が降りたこと。その寒々とした沈黙をオーケストラが破るわけでもなく、楽団員はずらりと並ぶ手元灯の芯の手入れをのんびりとやっていた。芝居が終わっておそろしい沈黙が五分か十分ほど劇場内を支配して、それからやっと演奏が始まった。ところがその演奏ときたら、もういちどランプの手入れに戻ってくれればよいと願ったとしても無理はない。なにしろ劇場の内でも外でもこれまで聞いたこともないくらいにひどい演奏だった。

最後は「不思議の泉」という出し物で、館内はそれを見せるために暗くなった（ドレスデンにスリはいるだろうか?）。さて、暗闇のなかで一本の噴水を中心にしてその周囲を丸く輪で囲むように水が吹き上がると、次々に色の変わる光を当ててきれいな効果を出した。しかしそれくらいは幻灯機とクロマトロープでもできることだ。中央の噴水はやがて消えて、そこへ順番にアポロ、タイム、またそれまでより小さい噴水を持った者が上がり、順に中央まで上ると、ゆっくりと回転した。それはちょうど台所の肉あぶり機で回しているように見えた。この最後の出しものが今宵いちばんの見せどころらしい。受動的とは言わないまでも気のない聴衆はここで初めてその感動の頂点に至った。そうしてあがった拍手といえば、英国の聴衆なら何か話を一つ聞いて送るくらいのあまり熱のないものだった。

九月三日（火）〔ドレスデン―ライプツィッヒ〕

もう一度美術館に行き、有名なコレッジョの「ラ・ノッテ」を急いで見た。この絵について、批評家としての私の地位を向上させるなにごとを言えばよいだろうか、わからない。

午後、ライプツィッヒへ向けて出発する。到着したのはちょうど夕方の散策ができる時刻で、庭園を次々と通っていくと、この古い町を一周した。樹木がきれいに植えられている。ドゥ・プルシに宿を取った。

九月四日（水）〔ライプツィッヒ―ギーセン〕

町をひと歩きするだけの時間しかなかった。外を歩いてみる限りでは特にめぼしいところはない。城の塔へ登ると、「城主」が、有名な戦いのあった場所をあちこちと指し示してくれた。そのなかにルターとエックの大神学論争の行われた建物があった。

ギーセンへ着いた。ラッペ・ホテルにひと晩泊まる。英語が話せるウェイターに早い朝食を注文しておくと、「コーヒー！」と嬉しそうに、まるで新しい着想を得たようにこのことばを聞き取りながら言った。「はい、コーヒーですね、わかりました。それと卵。卵にはハムを付けますか？　わかりました。」「ブロイルにしてもらいたい」と私。「ボイルですね？」ウェイターは信じ難い笑みを浮かべて繰り返した。「いや、ボイルではない、ブロイルだ」と私。ウェイターは、その違いは些細なことだと脇にのけた。「はいはい、ハムですね」と自分で好きな方へ話を替えた。「そう、ハムだ」と私、「で、どういう調理なんだね？」。「はいはい、どういう調理」ウェイターはおうむ返しに言った。命題に対して賛成するのはその真を確信するからではなく、もっぱら人がよいからである。そういう人に特有の無頓着な態度が見てとれた。

九月五日（木）〔ギーセン―エムズ〕

正午にエムズに到着した。道中これといったことはないが、ただとても気持のよい田舎を通った。谷は丘の合間を方々に曲がりくねって走り、丘は頂上までの全体が樹木に被われている。具合よく引っ込んだ所は、村の家々が寄り集まって白く見える。木々は、とても小さく同じ色をして途切れなく続いているので、まるで苔生《こけむ》した土手のようである。風景のなかにはほかでは見られない非常に珍しいものがあった。それは木々の所々に頭を出している古城で、まるで岩の盛り上がりの上に生えているもののようにも見える。あのように立っている場所の霊気と一つになっている建造物というのは、これまでに見たことがない。昔の築城者たちは、なにか不思議な本能によって色と形とを選び、尖塔を持つ塔の配置や明るい灰色と茶色という二つの中間色を壁と屋根に配して、建物はまるで荒れ地に生えるヘザーかイトシャジンのように自然にとけ込んでいる。その姿からは花や岩と同じように休息と沈黙が古城にも染み込んでいるようである。

ホテル・ドゥ・アングルテールへ行き、それからこの気持のよい場所を歩いた。此処にいると人々は特にすることもなく、まる一日なにもしないでよい。此処はなにもしないことを楽しむ所である。

夕べのコンサートへ行ってみた。隣の部屋では赤と黒などの賭け事をやっていた。私のように経験のない者には見ていて非常に興味のある光景だった。賭をしている人たちの顔には、たとえ大きな負けをしたときでも、それと見て取れる感情はなにもない。何か目にするのもただ一瞬のことで、それも押し殺しているだけにいっそう強烈である。女たちは男よりも見ていて興味があり、またいっそう哀れをそそる。ある者は年輩で、ある者はまだ若い。みな一心不乱の顔つきで、獲物を狙う猛獣に凝視され金縛りにあった無力な生きものが見せる魂を奪われたような顔つきをしている。

九月六日（金）〔エムズ―ビンゲン〕

エムズを出発。急なことであったが、午前十時頃に汽船に乗り、ライン川を上ってビンゲンまで行った。天気はたいへんすばらしく、切符は船の後部席を持っていた。私にはよく理解できない理屈によって、そこがいちばん上等な場所ということだ。道中四、五時間ずっと私は船首にいた。周囲を丘に囲まれる航路は船が進むにつれて目の前に絵のような景色を繰り広げていく。単調とはいわないが、当然同じような景色が続いて、険しくそそり立つ山にはブドウ畑や小さな木々がまばらに見られ、ふもとの所どころに村があり、高く突き出た岩山の上に城が見える。非常に独特の造りになっていて、全体は岩山の形からきている。パリの物売りたちが言う「ものすごい迫

ゴアルスハウゼン付近のライン川風景　(9月6日)

The Rhein by Goarshausen. (6 September.)

力」の建築で、いつまで見ても飽きることがない。

ビンゲンではヴィクトリア・ホテルに泊まり、翌朝早く、パリへ向かう旅の最終章を迎えた。パリには夜十時近くになりやっと到着した。

九月八日（日）〔パリ〕

アーチャー・ガーニー氏の教会へ行き、一風変わった、しかしとても興味深い説教を聞いた。そこへ行く途中、ウォッダム・コレッジのソーリーに出会う。午後はいっしょに町を歩くことにした。こうしてトゥイルリー庭園、シャンゼリゼを通り抜けてブーローニュの森へ入った。公園や庭園、水辺にはこの美しい都市が持っている田園のよさを結構見ることができる。パリジャンたちがロンドンのことを「侘びしい」というのも無理はない。

夕方は三人でディネ・ヨーロピェンで食事をして、ガーニー氏の教会の礼拝に出た。

九月九日（月）〔パリ〕

一日中、博覧会を見物に行った。私が見たのは絵画だけで他はほとんど見ていない。近代美術を鑑賞するのは、まれにみるすばらしい喜びである。あのように大きなコレクションでありながら見劣りのする絵や彫像はほとんどない。どれかについて何か書いてみようなどという不可能なことはやめておこう。ただフローレンス出身のカローニの名前だけは記録しておこう。彼の作品はひときわすぐれて美しく、感動した。題名は、こどもライオンと戯れている「ラムール　ヴァンクール　ドゥ　ラ　フォルス」、「エスクラーヴ　オ　マルシェ」、そして「オフィリア」、いずれも大理石像。最後のものは、狂乱のオフィリアが自分のまわりに花を撒き散らしている場面である。

フランス絵画は無論数もおびただしく、しかも（決して当たり前ではないのに）最上でもある。我が国の画家たちは互いに足を引っ張り合い、結局二流の作品を出しているように見受けられる。アメリカの絵画は数は少ないが、なかにはたいへんすばらしいものがある。

ソーリーと夕方テアトル・ボードゥヴィルに行き「ラ　ファミーユ　ブノワトン」を見た。すばらしい演技だ。どの役も例外なく丁寧に気を配って演じられていた。「ファンファン」に出た子どもは、これまで見たなかでとりわけ上手な子役である。チラシにはマドモアゼル・カミーユと出ているが、まだ六歳にもならないだろう。

九月十日（火）〔パリ〕

まったくとりとめのない一日だった。チャンドラーとペィジに行き会った。かれらとぶらついて、それから、ひとりで写真を買っているうちに博覧会に行くのには遅くなる。リドゥンといつもの所で食事をし、シャンゼリゼの野外軍楽隊コンサートに行った。

九月十一日（水）〔パリ〕

ルーブルはとても大きいホテルで落ち着かないため、ペィジとホテルを幾つも見て回り、結局、ハント夫人が推薦してくれたオテル・デ・ドゥ・モンドに決めた。そこがいちばん良さそうなので、部屋を二つ予約した。午後はもう一度博覧会に行った。戻ってきて新しい宿泊先で食事をした。ホテルの食事をする場所はレストランを兼ねていて、とてもよい。

九月十二日（木）〔パリ〕

買い物をして、それからまた博覧会へ。会場をぶらぶら歩いた。中国音楽をやっているパビリオンを通りかかり、半フラン〔二百円〕払ってなかに入り、近くで聞いた。確かに中で聞くのは、外で聞くのとは違う。それだけで半フランの価値はあった。ただし、外で聞く方がずっと気持ちがよい。一度聞けば二度聞きたいとは思わない音楽である。

その埋め合わせに夕方はオペラ・コミックへ行ってミニヨンを聞いた。とてもきれいで、音楽と歌もなかなかよい。ヒロインのマダム・ガリマリは歌と演技の両方で美しさに花を添えていた。

九月十三日（金）〔パリ―カレー―ドーバー〕

ぶらぶら歩いてから買い物をした。午後はセーヴル通りにある聖トマス修道会へ行き、そこの修道女が作っている疼痛に効く軟膏を少し買おうとした。修道女二人が出てきた。年上の方に裁量権があるらしい。彼女は非常に流暢な、だがその大部分は私にはわからないフランス語で、これまでに軟膏を販売したことがないこと、修道院の管区に住む貧しい人たちに上げるために作っていることを告げた。「軟膏の配布」に関する分野を一括して扱う部局はここだけらしいので、私は絶望の縁で捜索を諦めて退却しかかった。ところが、その入手には現実的な別のルートがあるらしいことが、それとなくわかってきた。そこであれこれと遠回しに探りを入れてから、「そちらはそれを私にお売りになることはおできにならない。ただ、少し私に下さいませんか。そうして私からはそちらの管区の貧しい方々のために何か差し出すことをお許しいただけませんか?」と言ってみた。すると、「はい! 結構です!」、是非ともと言わぬばかりの返事である。かくしてデリケートな幕裏の取引は完結をみた。

午後七時にオテル・デ・ドゥ・モンドを出て、途中は何ごともなくぐっすり眠り、午前二時頃にカレーに着いた。そこから先は美しい穏やかな船旅で、澄んだ月明かりの夜だった。

月はちょうど四時間前の月食で失った時を取り戻そうとするように煌々《こうこう》と輝いていた。私はずっと舳先にいて、ときには見張りの水夫と話し、ときには私の初めての外国旅行の最後の時間をドーバーの灯を見ながら過ごした。その灯は水平線上に徐々に広がり、まるで懐かしい故国が帰ってくる子どもたちに向かって少しずつ腕を広げていくように、やがてその灯は崖の上の二つの灯台の姿になって、はっきりと力強く立ち上がってきた。初めは暗い海の上にちらちらとする一本の筋、光る銀河のようにしか見えていなかったものが、しだいに海岸の家々の明かりになり、姿、形を現してくる。最後にはその家々の背後にあるかすかな白い線が、初めは水平線に沿って漂う薄霧のように見えていたのが、とうとう明るむ前の灰色の曙光のなかに姿を現した——白亜の絶壁、懐かしいイギリス！

イコン「三本の手をもつ聖母」 ウィリアム・マックニコルズ神父画

Mother of God, The Three Handed Icon Rev. William McNichols

エフィム・ワシリエビッチ・プチャーチン（1803-1883）　　戸田造船郷土資料博物館

Evfimii Vasil'evich Putyatin（1803-1883）　　Heda Shipbuilding History Museum

「聖夜」アントニオ・アレグリ・コレッジョ
アルテ・マイスター絵画館

The Holy Night Correggio
Gemäldegalerie Alte Meister

「無原罪の御宿り」バートロメ・エステバン・ムリリョ　国立エルミタージュ美術館

The Walpole Immaculate Conception Bartolomé Esteban Murillo
The State Hermitage Museum

「システィナのマドンナ」ラファエル
アルテ・マイスター絵画館

The Sistine Madonna Raphaello Santi
Gemäldegalerie Alte Meister

「ヤコブの夢」ムリリョ
国立エルミタージュ美術館

Jacob's Vision Murillos
The State Hermitage Museum

「青銅のへび」フィデリオ・ブルーニ
国立ロシア美術館

The Brazen Serpent Fedelio Bruni
The State Russian Museum

The Punishment of a Hunter Paul Potter The State Hermitage Museum

「狩人の処刑」ポール・ポター　国立エルミタージュ美術館

The Ninth Wave Ivan Aivazovsky The State Russian Museum

「恐怖の波」イヴァン・アイヴァゾヴスキー　国立ロシア美術館

ライン川沿いの風景「シェーンベルク城とオーバーヴェーゼル」
W.H.バートレット(1842年)

The Castle of Schönberg and Oberwesel, Rhein
W.H.Bartlett (1842)

ライン川沿いの風景「ラインフェルス城とザンクトゴアール」
W.H.バートレット（1842年）

The Castle Rheinfels above St Goar, Rhine
W.H.Bartlett(1842)

黒パン　Yoko Akashi

ロシアの黒パン
サンクトペテルブルグ パンの博物館

Russian Brown Bread
The Museum of Bread, St Petersburg

クロマトロープ（1880年製） Chromatrope 1880.

クロマトロープ ディスク6枚 Discs

クロマトロープ ディスク収納箱

Discs and disk-box

写真　ヘンク·R.A.ロゥ　Photos　Henc R.A.Roo

ヘザーの丘　ゴードン・リチャードソン

Hillside heather　Gordon Richardson

ベル・ヘザー　ハワード・ブラッキー

Bell Heather　Howard Blackie

イトシャジン　ジョン・クレリン

Harebells　John Crelin

注釈

七月十二日（金）〔ロンドン―ドーバー〕

トルコ皇帝　アブドゥール・アジズ（一八三〇―七六）。皇太子が出迎えて特別列車でドーバーからロンドンのチャリング・クロス駅へ到着した。

ほぼ同じ時刻に　国賓として英国に迎えられたトルコの元首と自分とをキャロルは同格に並べようとしている。以下の「私が……　皇帝が……」のように言葉の順序が逆になっていることや、さらに、「出迎えは向こうの方が……」などのおどけた調子の書きぶりからは、初めて外国旅行に出ようとしているときの心の高揚、浮き立った気分が窺える。この明るい機嫌のよい書きぶりが二ヶ月にわたる旅行記全体に流れている。

チャリング・クロス　イギリス南東にある港駅ドーバーからロンドンに着く列車の終着駅。

パディントン　ロンドンから北西のオクスフォードを経て北上する鉄道やロンドンから南西のエグゼター、ペンザンスへ向かう鉄道の始発駅。キャロルは住んでいるオクスフォードからロンドンのパディントン駅に到着し、買い物をすませて、チャリング・クロス駅からドーバーへ向かう。

人が集まった第三の場所　すなわち第二の場所は自分が到着したパディントンである、とほのめかす。キャロルに出迎えなどはもちろんない。

ベルギーの義勇兵　前年にイギリスの義勇兵がベルギーを訪問し、今回はベルギーからの答礼訪問であった。一八六七年七月十三日の「タイムズ」紙は、ベルギー義勇兵がロンドンに到着してイギリス国民が熱烈な歓迎をしたと伝えている。

乗合馬車　万人の乗物という意味のオムニバスがロンドンを最初に走ったのは

一八二九年。当時は馬が引いていた。やがて短くバスと呼ばれるようになる。

ヘンリー・パリー・リドゥン（一八二九―九〇）　キャロルと同じオクスフォード大学クライスト・チャーチ学寮出身のキリスト教説教者。キャロルが非常に敬愛する友人のひとり。ロシア旅行はリドゥンからキャロルに声をかけて実現した。旅行の初日、リドゥンの日記は、「ドジスンは夜十時半に来たので、それまで私は一人で月明かりのなかをドーバーのいちばん東の端まですばらしい散歩を楽しんできた」、ドジスンはキャロルの本名。

七月十三日（土）〔ドーバー―ブリュッセル〕

ウェイターたちは……巣穴へと引き下がり　以下の奇想天外な描写には先例がある。リーズの町へ行った父親から幼い時にもらった手紙で、そのなかに人と動物があわてふためいて逃げ隠れする類似の場面がみえる（*The Letters of Lewis Carroll*, p.6）。キャロルのウェイターの描写は他に、七月十五日、二十一日、二十二日、二十四日、八月六日、二十四日、九月四日を参照。

皿蓋　皿に被せて料理の保温に用いる金属あるいは磁器製の深目の蓋。
第一読会　この議会用語を持ち出して、ことは重大である、と構えている。
穏やかな九十分の船旅　リドゥンの方は、「海にうねりがあり……海峡を渡るときに船酔いしかけた」と書いている。
カレー　フランス北部のドーバー海峡に臨む港町。
家族連れの旅行者　リドゥンによれば、ベルギー人の家族。
荷物検査　フランスからベルギーへ国境を越え、初めて経験する荷物検査が簡単に済んで拍子抜けする。
検査料を払わない試験　「なにか不適切なものはないかを詳しく調べる」はずの荷物検査と大学の試験とをかけた。大学で在学中に受ける試験には受験料がかかる。キャロルの時代のオクスフォード大学の学則（一八六六年）に定める試験料は、分野によって異なるが大方は当時の一ポンド、現在の約九千円。
ホテル・ベルビュー　リドゥンが持っていた温度計ではホテルの夜の室温は二十二・八度であった。

「ごく簡単な」、「わずか」　七コース出てくる食事を指したホテル側のこの控えめな（あるいは気取った）表現にキャロルは注目した。七月十五日には、「食事はこれまでのところ結構なものばかり」と述べている。

クリモーン　ロンドン中心部チェルシーにあったクリモーン・ガーデンズ。

七月十四日（日）〔ブリュッセル〕

聖ギュデュール教会　聖ミカエル・聖ギュデュール教会ともいう。ベルギーのブラバント公ランバート二世が一〇四七年にトロイレンバーグの丘に建つ聖ミカエル教会にギュデュールの遺骸を移し、以後巡礼地となった。ギュデュールは火を点した提灯を手にする姿で描かれる。

ことば　キャロルは子どもの頃から古典語のラテン語やギリシャ語を身につけたが、ブリュッセルで使用されているフランス語、ドイツ語はあまり得意ではなかった。

典礼の箇所　礼拝の進行次第とそのときに用いられることばが書いてある箇所。

会衆が「参加する」礼拝　英国国教会に所属するキャロルには、礼拝は全会衆が共に神に祈りを捧げるために参加するものという認識があったため、慣れない礼拝の形式に戸惑い、そのうえことばもわからないために、「参加」できないように感じたのだろう。

香を入れた器を揺り動かす　鎖で下げた香入れを二人の少年が左右に調子を合わせ緩やかに揺り動かす。

聖体　「キリストの神聖なからだ」の意味。マタイによる福音書二十六章二十六節にある最後の晩餐でのイエスの言葉から。聖別したパンのこと。

御子　幼子《おさなご》イエスのこと。

芝居がかっていて　一般に芝居はどこの国でもこのような宗教行事に起源があるといわれている。

グラン・プラス　ヨーロッパでいちばん美しいといわれる広場で、周囲にはゴシック建築の建物が並んでいる。

＊旅行を初めてから三日目のこの日、リドゥンの日記によれば、「共用の資金を

用意」し、旅行中の共通の支払いに当てることとした。

七月十五日（月）〔ブリュッセル―ケルン〕

ケルン大聖堂　ドイツ最大の大聖堂で一二四八年に着工し一八八〇年に完成した。

あらゆる教会のなかでもっとも美しい　リドゥンの日記はこのときのキャロルの様子を次のように記している、「彼はケルン大聖堂の美しさに感動していた。聖歌隊席の手すりに寄りかかって、子どものようにすすり泣いていた。そこの背後にある礼拝堂を見せようと聖堂守が来ると、そのがさつな声をこれほどすばらしい美しさのなかで耳にするのは耐えられないと言い、一人で離れて行った。」

ルーディシャイマー　ドイツの高級赤ワイン。

デュ・ノール　ノールはフランス北部の県名。

＊この日、リドゥンの記録では気温は二十二・七度。

七月十六日（火）〔ケルン―ベルリン〕

聖ウルスラ　処女殉教者でケルンの守護聖人。不本意な結婚を避けるために友人と共に自分の父王のいるブリテン島を去りローマを訪ねる。その帰途、キリスト教の信仰を理由にケルンのフン族によって紀元三百年頃虐殺された。古くはウルスラと十人の乙女の十一人であった。それが千倍に増えたことについては、他にも若いキリスト教徒の女性たちがケルンで殉教したことが結びついたという説がある。

聖ゲレオン教会　リドゥンによればこの教会の中には入れなかった。

ペテロの処刑　キリストの使徒の一人で、伝説によればキリストと同じ形では勿体ないと逆さで磔《はりつけ》に掛けられた。

カピトリオの聖マリア教会　トランプのクラブの形の「三葉形内陣」を持つ教会。リドゥンによればこの教会は修復中だった。

ターブルドート　ホテルやレストランで決められた時間に予約した客に一律に供される食事。キャロルは平生から昼食はとらないか、シェリー酒一杯にビスケット程度ですませていたので、昼食よりも結婚式を見に行った。

間には仕切をする幕はなかった　告解という個人的なことがらがこのような形でおこなわれていることにキャロルは気づいた。

大聖堂のいちばん上　リドゥンによれば、高さはおよそ八十メートル。

七月十七日（水）〔ベルリン〕

クリスチャン・ダニエル・ラウホ（一七七七―一八五七）ベルリンの彫刻家。プロシャ王妃ルイーザに才能を認められて、ローマに留学した。友人のなかには後にベルリンでフンボルト大学を創立して初めて言語を体系としてとらえたカール・ヴィルヘルム・フォン・フンボルト（一七六七―一八三五）もいた。七月十九日の王妃の墓の大理石像もラウホの作。

オーガスト・キシュ（一八〇二―六五）ベルリン・アカデミーでラウホに師事。神話や寓話をテーマに製作した。

七月十八日（木）〔ベルリン〕

自由な祈り　祈祷書に書いてあることばによって祈る祈りと、祈る人が自分のことばによって自由に祈る祈りがある。

＊気温は二十一・一度。

グスタフ・フリードリヒ・ヴァーゲン（一七九四―一八六八）ドイツの美術史家。この翌年七十四才で没。

矢で射られた「聖セバスチャン」　セバスチャンはミラノに生まれローマで殉教した聖人（三世紀末）。皇帝に信仰を明かさずに、地位を利用して獄中のキリスト教徒を保護していたことが密告され、皇帝の命により矢を射かけられ刑場に放置された。一命を取り留めたが逃亡せずに、皇帝の面前で撲殺され殉教した。殉教者の絵には殉教の道具が描かれることが多く、聖セバスチャンの絵には「矢」が描かれている。

眠っているヨセフ　許嫁のマリアが懐妊していることを知り離縁しようとしていたヨセフに夢の中で天使が現れ、その子は聖霊によってマリアに宿り生まれてくる救い主である、と告げる。

聖アントーニオス　（二五一年頃―三五六年）修道生活の父と呼ばれるエジプトの隠修士。禁欲生活において激しい誘惑に遭う。怪獣の姿や虚栄の象徴としての若い女性の姿で近づく悪魔の誘惑に打ち克つ様子が、美術のテーマになる。

ロジャ・ファン・デル・ワイデン　（一三九九または一四〇〇―一四六四）。十五世紀末までオランダの絵画に影響を与えた。ファン・デル・ワイデンには、他に十字架上のキリストの三連画（一四四五年頃）や、マリアの受胎告知を描いた三連画、また「ピエタ」などがある。

＊気温は十九・四度。

七月十九日（金）〔ベルリン：シャーロッテンブルグ：ベルリン〕

聖ニコラス教会　前日の最後に行った教会。

側廊　聖堂の中央通路である「身廊」と平行している通路で、場合によっては列柱などで区切られている。

アプス　祭壇の後方で建物の東端のいちばん奥の部分にあり、丸屋根がついた半円形の窪みになっている。初期の教会堂ではここが司教の座であった。

サミュエル・フォン・プフェンドルフ　（一六三二―九四）。法律、哲学、数学をライプツィッヒとイエナで学び、自然法と民事法を学問研究の対象とした最初の人。

ウィットビー　イギリスの北部でヨークから北北東に約七十七キロのところにある港町。エスク川の河口で北海に臨む。町の中の道はほとんどが狭く、勾配は非常に急な所もある。キャロルはオクスフォード大学の学生時代に一八五四年七月二十日から二か月間、秋の最終試験を目指してウィットビーでバーソロミュ・プライス教授による数学特訓の合宿に参加した。

これぞ……　原文は、Such is the fate of princes...　ポープが英訳したホーマーの『イリアド』第八巻五九五―六行に「これぞ運命なり。怒れども、汝の反乱の軍こぞって立とうとも、汝その宿命を変える能わず。」がある。

シャーロッテンブルク　ベルリン一の大王宮がある。

ウンター・デン・リンデン　「菩提樹の下」の意味をもつ大通り。ベルリンの中心部にあり、一六四七年に菩提樹を植えた通りとして作られた。
空白部分　キャロルは王妃の名前を書き入れていないが、プロシアのフリードリッヒ・ヴィリアム王の妃のルイーザ・オーガスタ・ヴィルヘルマ・アメリア（一七七六―一八一〇）。王妃の大理石像はクリスチャン・ダニエル・ラウホの作。リドゥンは日記で大理石像について「洗練された、極めて美しい像」と記している。ラウホについては七月十七日の注を参照。

七月二十日（土）〔ベルリン：ポツダム：ベルリン〕
ラビ　ユダヤ教やイスラム教の宗教的指導者。
肩掛け　ユダヤ教の礼拝用肩掛け。タリット。
われらが皇太子妃　ヴィクトリア女王の長女でプロシャの皇太子妃、ヴィクトリア・アデレイド・メアリ・ルイーズのこと。一八五八年、十七才でプロシャの皇太子フリードリッヒ・ヴィルヘルムと結婚。弟で英国皇太子のアルバート・エドワードは一八六三年にデンマークの王女アレグザンドラと結婚し、こちらは英国の皇太子妃。

ニューパレス　一七六三―六九年に建てられた。建物の長さは約二二〇メートルある。

サンスーシ　フランス語で「杞憂が無い」の意味。

テラスガーデン　英国ではあまりみられないがヨーロッパではふつうに見られる傾斜地に作られた庭園。段々と上へ高くなり、いちばん上に邸宅がある。

オレンジの木　地中海地方に育つオレンジの木を常緑樹としてヨーロッパで本格的に栽培しはじめたのは十八世紀末で、オランダの造園士が始めに手がけて、越冬のために温室へ移すなどした。モネの睡蓮の絵を配置した展示室があるパリのオランジェリ美術館も元はオレンジの木を栽培した温室。

現在時制が好まれる　彫刻の動作に言語表現をからめたキャロルの記述は、それぞれ、killing; about to kill; having killed と、いずれも時制を表す主動詞はなく時制とは言えないが意味の上では、動作が進行中、これから始まる、完了した、の三つの動作を区別している。

竜　ライオン　豚　竜は伝説の獣で絵画や彫刻のテーマに取り上げられる。ライオンは百獣の王と言われ威厳がある。しかし豚となると芸術的モデルとは言い難い。

七月二十一日（日）〔ベルリン〕

大聖堂　キャロルはドーム・キルヒエと書いている。主教座聖堂。主教の座がある聖堂で、各教区の中央会堂。

モンビジョン宮殿　英国王ジョージ一世の娘でプロシア王フリードリッヒ・ウィリアム一世の后であるソフィー・ドロシー（一六八七―一七五七）のために建てられた。

そのために貸している一室　一八五五年に宮殿の北の門楼の一室を英国国教会の礼拝のためにプロシャのフリードリッヒ・ウィルヘルム四世が提供していた。

「もってくます……」　ウェイターのことばは 'I brings in minutes ze cold ham.'

ダンツィッヒ　ポーランドの町のドイツ語名、ポーランド語名はグダニスク。

七月二十二日（月）〔ダンツィッヒ〕

大聖堂　別名マリア教会。キャロルはドーム・キルヒエと書いている。リドゥンの日記には、「マレーの『旅行者用案内書』は、このすばらしいダンツィッヒの大聖堂を正当に評価していない」とある。ジョン・マレー（一八〇六―九二）。『旅行者用案内書』を出しているイギリスの出版者。

尖塔にのぼり　階段は石造りの狭いらせん階段をのぼる。リドゥンの方はめまいを感じていた。

モトラウ河　キャロルは The Moldau と書いているが、河の名前はキャロルの思い違いのようで、モルダウ河は現在のドイツとポーランドの境にあるエルベ河の上流で、ダンツィッヒからはモルダウ河は見えない。ドイツ語版の訳者はモトラウ河としている。

ハンス・メムリンク（一四三〇？―九四）。セィゲンシュタット、現在のドイツのフランクフルトに生まれた。ロジャ・ファン・デル・ワイデンの影響を強く受け、特に肖像画に優れて、丁寧に生き生きと描いた。

シャジュビル 司祭がミサ聖祭で着用する袖のない上衣。

魚を表し 向かい合う二本の針金の上下が閉じた形を魚とみなしている。

ギリシャ文字 「イエス・キリスト、神の子、救い主」という意味のギリシャ語ΙΧΘΣΥを、ローマ字書きしたIesous Christos Theou Yios Soterの五つの語の頭文字から「魚」の意味のギリシャ語（ローマ字書きで、ichthys イクティュス）が得られる。ローマのキリスト教迫害の時代に「魚」のしるしをキリスト（教）の象徴として用いた。

夕方は…… リドゥンによれば、夕食後、モトラウ川沿いを散歩した。

エル シュプリヒト…… ドイツ語で「彼は英語を話さない、彼はドイツ語を話さない」。

鳥をかわいそうにと 折角話しかけても返事が戻ってこないのでは、キャロルとリドゥンの方が却ってきまり悪くなったことだろう。

七月二十三日（火）〔ダンツィッヒ―ケーニッヒスベルク〕

ケーニッヒスベルク　数学史上有名な所。キャロルは数学を専門とする。

お上《かみ》　司法官閣下。

鶴　足が長く首が長いので鶴（crane）と書いているが、コウノトリ（stork）のことであろう。

ドイチェス・ハウス　リドゥンによれば、このホテルは、「清潔で風通しもよく、立地もよい」。

七月二十四日（水）〔ケーニッヒスベルク〕

ひとりで　前夜にリドゥンは胃痛と下痢、さらに激しい痙攣《けいれん》を起こしたため、夜中に医者を呼んだ。そのため、リドゥンを残してひとりで出かけた。

ビュルゼ庭園　リドゥンによれば、ここでは、「入場料は取らない。われわれはコーヒーとレモネードを飲んだ」。

ブリュッセルで目にした光景　七月十三日の夕方に行ったブリュッセルの公園。

七月二十五日（木）〔ケーニッヒスベルク〕

この日もリドゥンは前日に続いて一日ホテルに留まり、キャロルは一人で出歩いた。リドゥンの日記によれば、「今日の暑さは度を超えている、日陰で二十八・八度あった。」。

劇場に行った　リドゥンは行かなかった。当時英国国教会の聖職者は一般に商業演劇を観ていない。

一八六六年　この旅行の前年。次項を参照。

サドヴァ　ボヘミア北東部の村。一八六六年に戦いでプロイセンが勝利をおさめた地。

手袋をしない……紳士　キャロルは夏にはグレーの木綿の手袋をした。

七月二十六日（金）〔ケーニッヒスベルク――列車内〕

サンクト・ペテルブルグ　ロシア北西部、フィンランド湾の奥に位置する都市。一七一二年にピョートル大帝が建設しモスクワから遷都、ロシアの西欧化の窓となった。

二十八時間半の旅　リドゥンの日記では「三十時間の鉄道の旅。すっかり疲れ果てた」。

英国人の紳士　名前はアレクサンドル・ミュア。スコットランド出身の貿易商。キャロルとリドゥンがモスクワへの行きと帰りにペテルブルグに寄ったときに便宜を受けた。七月三十一日、八月一日、八月十五日、八月二十日を参照。リドゥンの日記はこの人について、「スコットランド人の友に朝早く起こされた。彼はジョーイット派の話をしたがった。ジョーイットに非常に共感している。自由教会派の人らしい」と言う。ベンジャミン・ジョーイット（一八一七―一八九三）はオクスフォード大学のギリシャ語欽定講座教授。「使徒パウロの書簡に関する論文」（一八五五）二巻が論議をよんでいた。

チェス　キャロルはチェスのゲームを好み、乗物の振動で倒れない工夫をしたチェス盤を作らせて旅行に持ち歩いた。家族や友人とチェスをしてあまり負けることがなかった。八月二十六日参照。

パンパイプ　ギリシャ神話に出てくる山羊の角、耳、足を持つ音楽好きの牧神パンが吹く笛。

結構飲める　スープに英語の場合はふつう'eat'を用いるが、ここでは'drinkable'という語を用いている。

ペテルブルグの駅に　到着したのは七月二十七日午後五時三十分。二十六日の日付のまま続けて書いた。

ホテル・ドゥ・ルューシ　リドゥンはこのホテルについて、「期待したようなところではなかった。私の部屋から見えるのは狭い熱い中庭」だったと書いて、教会が多いこと、人々の東洋風の格好はこれまで想像したこともないと驚き、すっかり疲れた様子であるが、キャロルの方は日記のなかでは疲れをみせず強い好奇心をうかがわせている。気温は二十二・七度。温度の記録はこれが最後で、二日後に鞄を落として温度計と眼鏡が壊れている。

＊七月二十七日の日付の記載はない。二十六日にそのまま続けて書いた。

七月二十八日（日）〔ペテルブルグ〕

イサーク教会　モスクワからの帰途の八月二十一日には塔に上る。

カザン寺院　リドンによれば、午後ネヴァ川に架かるパレス・ブリッジまで歩き、その帰りにカザン大聖堂でギリシャ語の晩祷を少し聞いた。リドゥンは礼拝式の様子を記し、「すべての階層に渡って人々の信心はすばらしい」と好感をもっている。リドゥンとキャロルのロシア正教にたいする対照的な態度は八月十八日を参照。

ほんものの礼拝　リドゥンの日記には、「教会の後でドジスンと長い議論をした」とある。（ドジスンはキャロルの本名。）

ネブスキー大通り　十三世紀、ロシアの英雄ノブゴロド公アレクサンドル・ネブスキーにちなんで名付けられた。ネブスキーは死後、ロシア正教の聖者に叙され、ペテルブルグにはネブスキーの名前を付けた大通りと修道院がある。七月二十八、三十一日、八月二十四、二十五日を参照。

アドミラルティ・プロシュチャジ　海軍省広場。

乗馬姿の像　ピョートル一世の像。即位百年の記念として一七八二年に除幕。エカテリーナ二世がフランスから彫刻家ファルコネを招いて制作させた高さ十二メートルの青銅の像で、制作に十年以上を要した。

天然の岩盤　像の台座のためにフィンランドから運んだ重量三百万トンという巨大な花崗岩。

もしこれがベルリンなら　ベルリンの町の彫刻については、七月二十日を参照。

七月二十九日（月）〔ペテルブルグ〕

辞書　七月三十日には「パンと水」のロシア語を、同日夜には「タオルと水」のロシア語を調べた。八月二十二日には単語集を持って行かなかったために、絵を描いて用を足した。

人を訪ねたが　せっかく訪問した先も夏の休暇で田舎や国外へ行くなどしていて不在が多い。この先、八月十日、十六日、二十三日、二十四日も同じ。リドゥンによれば訪問先にはプチャーチン伯爵も入っていた。八月二十一日、二十五日を参照。

三十コペクス　現在のおよそ三二六円。

七月三十日（火）〔ペテルブルグ〕

大聖堂教会　要塞の中央にある聖ペテロ・聖パウロ教会。

皇帝の墓　ロマノフ王朝のピョートル一世（在位一六八二―一七二五）からアレクサンドル三世（一八八一―一八九四）まで約二百年間の皇帝、皇妃が葬られている。例外はピョートル二世。

めでたい非常事態　朝から町を見学して二十五キロも歩きまわった後、宿に戻ると部屋には翌朝のために必要なものがない。疲労と落胆で不満をつのらせながら、しかし、ひとひねりしてでてきたことば。

七月三十一日（水）〔ペテルブルグ〕

＊リドゥンによれば、前夜キャロルは身体の具合がよくなかった。

アレクサンドル・ミュア　ペテルブルグへの車中でいっしょになったスコットランド出身の貿易商。ペテルブルグに十五年住む。キャロルとリドゥンは滞在中いろいろと便宜を得た。ペテルブルグ。アレクサンドルはロシア名、リドゥンの日記ではイギリス名でアンドリュー・ミュアとなっている。七月二十六日、八月二十日を参照。

ペテルホフ　庭園と宮殿が連なりロシアのベルサイユともよばれる。サンクトペテルブルグの西方二十キロ、南方四キロにあるフィンランド湾南岸の市。

エルミタージュ　「隠者の隠れ家」の意味があり、女帝エカテリーナ二世の私的な楽しみの蒐集から始まった美術品などのコレクション。前日の三十日に見学しようとしたがパスポートが戻ってきていなかったために、入館できなかったと、リドゥンは書いている。

バートローメ・エステバン・ムリリョ　（一六一七または一八―八二）。宗教画、肖像画で有名なスペインの画家。

「聖母の被昇天」　ムリリョによるこの題名の絵画は、一時期ルーブル美術館に在ったほかは、ずっとスペインに在った。キャロルが見た絵の方は、その後題名が「無原罪の御宿り」と変わり、エルミタージュ美術館では現在「ウォルポール無原罪の御宿り」と呼んでいる。ウォルポールとは元の所有者のロバート・ウォルポールのことで、コレクションは一七九九年にエルミタージュ美術館に渡った。この絵は同じ題名の絵のなかでも、もっとも美しいといわれている。

ヤコブ　旧約聖書の中のアブラハムの息子イサクの息子ヤコブ。旅先で石を枕に寝ているヤコブに夢の中で梯子が現れ、そこに数人の天使が昇り降りしている。

ドイリー　ダニエルズと共に絵画のリトグラフ、エッチングをおこなったイギリス人。

ティシアン　ティツィアーノ・ヴェセルリ　（一四八八?―一五七六）。イタリア十六世紀の政治、宗教、文化のリーダー。時代の代表的人物の肖像画を描いた。

オランダ派　オランダがスペインの支配から独立した時代（一六〇〇―一六七〇頃）の

画風で、風景画や庶民の生活を描く。

ポール・ポターの大作　「狩人とその生涯」というポール・ポターの絵についてジョン・マレーは次のように解説している。「全体が十四コマに分かれ、それぞれ、いろいろな動物が狩りの獲物になる様子から、続いて動物たちが狩人に向かって復讐するところまでを描いている。裁判の場面では狩人がライオンの前に引き出され他の動物の前で鹿が証言をする。終わりに刑が言い渡され、狩人は台所の肉あぶり機に掛けられ、動物たちは跳ね転がり、狩猟から解放された喜びの場面で終わる」。現在はロシア美術館所蔵の絵画。

ジョン・マレー　出版社。二代目は「クォータリー・レビュー」を創刊。ジェイン・オースチンやウォルター・スコットの作品を出版した。キャロルが利用した『旅行者用案内書』は三代目のジョン・マレー（一八〇八―一八九二）が出した一八六五年版。

イサーク教会　七月二十八日に訪れた。

＊夕方から激しい雨となり夕食後も続いた。キャロルとリドゥンはコーヒー・

ルームで新聞を読んだ。オクスフォード・ケンブリッジ大学法案が貴族院で議論され、そのうちのテスト法案が否決されたことを知ったとリドゥンは日記に書いている。

八月一日（木）〔ペテルブルグ：ペテルホフ：ペテルブルグ〕

メリリーズ　アーチボルド・メリリーズ。スコットランドのアバディーン出身。貿易商アレクサンドル・ミュアの仕事のパートナー。「出資するだけで経営には口を出さない共同経営者」とリドゥンは記している。

ワシーリー・オストロフ　フィンランド湾の島、およびその港湾都市。

ペテルホフ　七月三十一日参照。

クロンシタット　フィンランド湾内コトリン島にある軍港都市。

壁龕《へきがん》　彫像を置くための壁あるいは塀につけた窪み。

氏の友人　リドゥンによれば、クロンシタットのジョン・ヘンリー・マクスィニー牧師（一八二七―九九）も同席した。

八月二日（金）〔ペテルブルグ―列車内〕

モスクワへ向かう　列車は二階建てでペテルブルグからモスクワまでは十九時間半かかった（現在は七、八時間）。

ニルーブル　現在のほぼ二千二百円。当時の一ルーブルは現在の日本円で一〇八八円くらい。

飛ぶように　早さにも時代が感じられる。途中の停車時間などを考慮しても、当時の列車の速度は、現在の半分程度の速度。

モスクワに到着　八月三日午前十時にモスクワに到着する。

皇妃の誕生日　皇妃はロマノフ王朝最後の皇帝アレクサンドル三世の妃、デンマーク出身のマリー・フェドロヴナ（一八四九―一九二八）。誕生日は、実は十一月十四日。駅者は旅行者にいい加減な口実を作り料金をつりあげている。キャロルとリドゥンはわかっていたのかどうか、かけ合ってはいない様子。この先の八月二十日にキャロルは料金のことで駅者に強い態度をとっている。

スパロー・ヒル　ロシア語はワラビイニイエ・ゴーリ（ワラベイは雀のこと）。
ナポレオン　この丘からモスクワをのぞんだのは五十五年前。一八一二年九月二日午後二時頃と伝えられている。

＊八月三日の日付はないが、車中で一夜を明かし、そのまま二日の項に記した。

八月四日（日）〔モスクワ〕
ペニー牧師　ロバート・ジョージ・ペニー（一八三八頃―一九一二）。英国国教会牧師。前年にモスクワの教会に赴任した。
バーゴン　ジョン・ウィリアム・バーゴン（一八一三―八八）。オクスフォードの聖マリア教会の牧師。

八月五日（月）〔モスクワ〕
聖ワシーリー聖堂　形も色も珍しいロシア教会。

時速四マイル　普通の歩行速度なので、建物の内部を見学して歩くには速すぎる。
我慢ぎりぎりの快適さ加減　キャロルは「不愉快」というマイナス表現を避けている。
サテンウッド　光沢のある良質の家具材。
主教区　主教の管轄する教会区。それぞれ教会と聖職者を有し、教区民を抱える。
イヴニング・スーツ　白いウィングカラーに白の蝶タイにコート。

八月六日（火）〔モスクワ――ニージュヌイ・ノボゴロド〕
ウェア兄弟　兄トマス・ケネットと弟エドワードの兄弟。オクスフォードのコーパス・クリスティ・コレッジ出身。リドゥンの日記では「兄弟から喫煙を差し引けば、とても気持ちのいい旅仲間」だった。
ニージュヌイ・ノブゴロド　モスクワの東南四百キロのところにある都市。夕方モスクワを出て、およそ十七時間で翌日の昼過ぎに到着した。
事故が起きていた　リドゥンによれば、先行列車のエンジン故障が原因で、片道十八時間かかった。

ワールド・フェア　一八一七年に、当時、世界で最も賑やかな物産展の一つと言われたマカリエフ・フェアをニージュヌイ・ノブゴロドへ移して始まった。当時のヨーロッパで、またおそらく世界で最大規模の物産展といわれた。七、八月に催され、工業製品、農産物などをもって商人が二万人、訪れる人が十万人来たともいう。リドゥンによれば、「会場の一角の店舗はみなペルシャ人が借り切っている」、また歩いていると、「ペルシャ人、中国人、チェルケス人、ギリシャ人、ダッタン人、その他の」さまざまな人種の人たちに出会った。

スミルノヴァヤかなにか　古いウォッカの名前にスミルノヴスカヤがあり、ロシアの人はそれを想像するそうだ。

ホテル　リドゥンによれば、「ホテルは、ディナーがすばらしい、部屋とトイレは言いようもなく汚い」。

空白部分　リドゥンは「勤行時報係」の語を用いている。イスラム教の礼拝堂の勤行時報係は日暮れ時に寺院の尖塔で祈りの時を告げるために張り出しの付いた光塔から呼びかける。

バンシー　アイルランド伝説に出てくる。バンは女、シーは妖精の意味で、古い家系には家付きの妖精がいて、家人が亡くなるときには泣きわめくという。

履物を脇に　英国人の目には履き物を脱ぐ、という行為は珍しかったのかもしれない。リドゥンによれば、礼拝に参加しているのは二十人ほどのイスラム教徒であった。

バーレスク　ヴィクトリア朝に流行った舞台の出し物。誰でもよく知っている話、物語、世の中のできごとを誇張したり風刺して演じた。キャロルの時代には商業演劇を楽しむことに対して教会関係者、聖職者の間には抵抗があった。そのなかで、キャロルは学生時代にシェイクスピアの『ヘンリ八世』を見て以来、芝居にはよく行っている。せりふや演技についても、いろいろな感想や注文を持っていた。ここでは役者が舞台から観客の反応を盗み見ることについて、キャロルの感想がうかがえる。

コーチシナ　ヴェトナム最南部の地域でフランス植民地であったところ。

八月七日（水）〔ニージュヌイ・ノボゴロド―列車内〕

＊日付は実は八日のことで六日の夜行に乗り、続けて七日のできごとを記したために、日付がずれた。

スターレット　コチョウザメ。美味で、腹子はキャビアのなかでも絶品といわれる。観賞魚としても飼われる。大きさは二十五から五十センチ。なかには九十二センチ十九キロというのがあったようだ。分布は黒海の北、カスピ海の東、バルト海の西などに注ぐ河川の流域に生息する。体形はちょうざめに似ているが、より細い。下の図は *Freshwater Fishes of Britain and Europe* より。

翌朝九時頃　八月九日の朝九時。

八月九日（金）〔モスクワ〕

シミョーノフ修道院　一三七一年に創立され城塞として重要な役割を果たした。

梁と塵の絵　新訳聖書「マタイによる福音書」第七章一～五節、「他人の目にある塵を気にしても自分の目にある梁は気にしない」から。この表現はキャロルの時代に英国国教会で使用されていた欽定訳聖書にある。現代英語訳では、「おがくずと丸太」となっている。

修道士のパン　もともと修道院で作っていたことから、この名前がある。小麦を粉にするときにでる皮のくず（ふすま）の入った麦粉で作る黒パン。現在では「修道士のパン」は美味しく改良されている。

モスクワの小劇場　マレーの『旅行者用案内書』によれば、「モスクワには劇場が二つあり、大きい方がボリショイ劇場で座席数が千五百席。イタリアオペラ、ロシアオペラ、バレーを上演している。小さい劇場ではロシア劇、上質のコメディを演っている。客席数は五百」。

八月十日（土）〔モスクワ〕

アレクサンドル一世　ナポレオン戦争の時代のロシア皇帝アレクサンドル・パヴ

ロヴィッチ・ロマノフ（一七七七—一八二五）を称える記念碑。キャロルが写した記念碑のラテン語は次のようになっている。PIAE MEMORIAE / ALEXANDRI I / OB RESTITUTAM E CINERIBUS / MULTISQUE PATERNAE CURAE / MONUMENTIS AUCTAM / ANTIQUAM HANC METROPOLIN / FLAGRANTE BELLO GALLICO ANNO MDCCCXII FLAMMIS DATAM. 翻訳では第四行を第二行に置いた。

八月十一日（日）〔モスクワ〕

リドゥンは説教を　リドゥンは旅行の一年前の一八六六年夏にオクスフォード大学恒例のバンプトン・レクチャー（オクスフォード大学のジョン・バンプトンの遺言により一七八〇年から始まったキリスト教神学に関する週一回で八週連続の説教）の説教者に選ばれた。バンプトン・レクチャーは印刷されるのが慣例で、リドゥンの説教、「我らが主であり救い主であるイエス・キリストの神性」*The Devinity of Our Lord and Saviour Jesus Christ* は、十九世紀のバンプトン・レクチャーでこれを越える説教はない、ともいわれ、彼の説教者としての名声は確立し、国内のみならずヨーロッパのキリスト教関係者の間にその名は広く伝えられた。

大主教 ワシーリ・ミハエロヴィッチ・ドロツロフ・フィラレート（一七八二―一八六七）。ロシア正教の大主教（一八二六―六七）。オクスフォードの主教サミュエル・ウィルバーフォースの紹介状を持ち、リドゥンは首尾よく会うことができて、教会一致に関しての意見交換をする。八十五歳の大主教は、この会見から三ヶ月後の十一月十九日死去。フィラレートは一八六一年のアレクサンドル二世による農奴解放宣言文を準備したと言われている。

トロイツァ キャロルはこのように書いた。ザゴルスクのこと。

手厚くもてなしてくれる友 ペニー牧師のこと。

ストラスノイ 「奇妙な、不思議な、不可解な」の意味を表すロシア語。

簡単な食事 原文は「Tea」で、この場合はお茶というよりも簡単な食事を指している。

クレムリン もともと城塞という意味で、ロシアの古い都市にはたいていクレムリンがあった。現在のモスクワ・クレムリンは政治中枢部をイメージさせる固有名詞として使われるが、クレムリン内には多くの教会、宮殿もあり、政治と宗教を合わせた中心となっている。

クレムリンの柱廊　夏のモスクワの夕方はまだ明るい。クレムリンの夜景については、八月十八日を参照。

八月十二日（月）〔モスクワ：セルギェフ・ポサド：モスクワ〕

トロイツカ修道院　トロイツェ・セルギェフ修道院のこと。「三位一体」の意味のトロイツカと、創立者セルギェフ・ラドネシスキー（一三二一頃－九一）の名前がついた修道院。モスクワの北方約五十キロのセルギェフ・ポサドにある十四世紀に創立されたロシア正教の大本山。ここでロシア正教最高位の大主教フィラレートに会う。キャロルとリドゥンは八月十七日に再び訪れる。

祝別されたパン　ミサ聖祭において司祭によりキリストの体として聖別されたパン。

香部屋　司祭が着る祭服や聖餐用器物の保管場所。聖具室ともいう。

大主教　ロシア正教総本山の大主教フィラレート。キャロルとリドゥンのロシアへの旅行は、もともとリドゥンが非公式ながら、フィラレートに会い、東西教会の統一に関する意見交換をすることが目的であった。旅行の初日のトルコ皇帝の英国訪問について、この席でフィラレートは異教の最高指導者を英国が国賓として迎えたと言って非難する。リドゥンはそれに対して、英国では政教分離であることを告げて理解を求めた。

リャビーノウォイェ　リャビーナ（ななかまどの実）から作るワイン。

八月十三日（火）〔モスクワ〕

水の祝福　ヨルダン川でキリストが洗礼を受けたことを記念して東方正教会で四世紀頃に始まった行事。英国国教会やローマカトリック教会では、一月六日に幼子イエスが「東方からきた三人の博士」に会い初めて公に姿を見せたことを記念する「御公現の祝日」の記念日があり、またギリシャには同じ日に若者が凍りつく水の中に飛び込む行事がある。ロシアでは真夏の行事になっている。

絵のなかの芸人たち　キャロルはこれより十一年前に発表した短篇『ノヴェルティ・アンド・ローマンスメント』（一八五六年）のなかで同様のことをロンドンのアデルフィ劇場の看板について書いている。

八月十四日（水）〔モスクワ〕

ドゥボール　市《いち》

モスクワ・トラクティール　居酒屋モスクワ。

ポロショーノック　子豚の料理。

ホースラディッシュ　西洋わさび。根をすりおろしたり叩いたりして薄切りのポークやビーフに添える。

ちょうざめ　スタージョン。キャヴィア・フィッシュともいう、この魚の腹子の塩漬けがキャヴィア（ロシア語ではイクラ）。

クローフィッシュ　大型の食用ざりがに。

クルイムスコェ　クリミア産のワイン。

空白部分　リドゥンの日記によるとノヴォ・ジェーヴィチ修道院。

八月十五日（木）〔モスクワ—新エルサレム〕

新エルサレム　モスクワの北西およそ六十キロにある。修道院は一六五七年に当時のロシア教会総主教ニコンが建立した。エルサレムにあるイエス・キリストにちなんだ場所を模して作られ、当時の皇帝アレクシスが命名している。

ミュア氏　七月二十五日の英国人の紳士を参照。

黒パン　ライ麦を使用する。円形で中央に向かいややこんもりとした黒褐色のパン。少し甘味があり、固くしまって日持ちする。

カメラがあったら　キャロルはヴィクトリア朝の写真家として五指に入ると言われる。同時代の著名人や子どもの写真が数多く残る。キャロルが用いた湿板式のカメラは機材の荷造りと持ち運びがたいへんで旅行には適さなかった。

ロビンソン・クルーソーの気分　原文は Robinson Crusoish 。キャロルの造語。O. E. D. にはロビンソン・クルーソーの形容詞として G. B. Shaw の Robinson

Crusoic（一九一九年）があるが、キャロルの -ish 形はそれより五十年早い。

モスクワの学校　ギムナジゥム。この時代は裕福な家庭の子どもが行く学校。

ニコン（一六〇五 ― 一六八一）　ロシアの総主教をつとめた（一六五二 ― 一六六六）。皇帝の信頼を得て教会の典礼の改革に取り組むが、ギリシャ正教会に対しては融和的で、また国家に対しては教会の独立を唱えるなどして、ロシアの教会会議でその地位を剥奪され隠遁する。

三本の手のマドンナ　ロシアに伝わる第三の手を持つ聖母マリアのイコンは、ダマスカスの尊者ヨハネの身に起きた奇跡の話に由来する。奇跡では、手首を切断された尊者ヨハネがマリアに祈って元通りに癒してもらい、手の回復に感謝して銀製の手を画像に供えた、あるいは絵の中に第三の手を描き加えて、「三本の手を持つ癒しの聖母子イコン」となった。一六六一年に複製がモスクワにもたらされて、ロシアに広まった。

ヨルダン川　パレスチナから南へガリラヤ湖を通り死海に注ぐ川。新約聖書のなかでは、ヨハネによってイエスが洗礼を受けた川として知られている。新約聖書マルコ第一章九節。

ベテスダの池　この池の水が動いたときに、最初に水に入った者は病気が癒される、という言い伝えがあった。長年、足が不自由で真っ先に水に入ることができない男を見て、イエスはその病を癒してやった。（ヨハネ第五章一―九節）

サマリアの井戸　イエスの時代、イスラエル人はサマリア人を蔑視して関わりをもとうとしなかった。旅の途中にスカルというサマリアの町で喉が渇いたイエスは井戸のほとりでサマリアの女性に水を飲ませて欲しいと頼む。女は驚いてどうしたことかと問うと、イエスは「この水を飲むものは、また渇く。しかしわたしが与える水を飲むものは、決して渇くことがない」と告げる（ヨハネ第十章五―十四節）。

主教は背が高かったため　リドゥンの日記によれば、この主教は、新エルサレムを建設していたときに監督のために滞在したニコンのこと。

八月十六日（金）〔新エルサレム〕

プロリョートカ　二人乗り無蓋四輪馬車でふつう一頭立て。
大修道院長　空白の名前は、リドゥンの日記にはベッサンとある。
なった。

八月十七日（土）〔モスクワ〕
記念祭　ロシア正教大主教のフィラレートは一八二六年八月二十二日に大主教に
なった。
モスクワに留まって　ペテルブルグへ向けて帰途につくのを延ばした。
トロイツア　八月十一日の注を参照。

八月十八日（日）〔モスクワ〕
リドゥンはずっと礼拝に参加　キリスト教教会の和合と一致を理想とするリドゥン
と英国国教会に満足しているキャロル。七月二十八日を参照。
クレムリン　マレーの『旅行者用案内書』には、「旅行者は月夜のクレムリンを見
ることなくモスクワを発つなかれ」と、出ている（一七三頁）。陽光の中で見た

クレムリンについては、八月十一日を参照。

八月十九日（月）〔モスクワ—列車内〕

二時にはペテルブルグ行きの列車　リドゥンは出発時刻を、「一時半（モスクワ時間の二時）」と書いている。ちなみにロンドンとモスクワの時差は三時間。

キメル　キャラウェー・シード、クミン・シードで香りをつけたリキュール。

窓を開けることができれば　同じ車室になった人は煙草を吸っていたのであろう。

筆者　キャロルはここで突然今までの「私」から「筆者」に切り替えて、読み手に向けて第三者的態度を取るが、それも一度だけで、すぐ元に戻っていく。この語の使用によって、旅日記は個人的な記録というよりも、読者を意識して書かれているとみることができる。

クレ・ホテル　モスクワへ行く途中にペテルブルグで六泊したホテル。

八月二十日（火）〔モスクワ—ペテルブルグ〕

リドゥンは……手紙を書き　ロシア旅行の間にリドゥンは妹ルイーザ・ギブソンをはじめオックスフォードやソールズベリの大司教たちへこまめに度たび手紙を出している。キャロルが旅行中に書いた手紙は、ニージュヌイ・ノボゴロドから八月七日に妹ルイーザに宛てた手紙が一通わかっている。

ミュア氏　七月二十五日、八月十五日参照。

馭者とのやりとり　この背景には、ドゥロシキの料金は交渉次第で、慣れない旅行者には高くふっかける、という事情があった。既に三週間以上ロシアに滞在し、三十コペクスが妥当と理解したうえでの話。キャロルには筋だと思えば譲らないところもある。八月二日参照。

最上のディナー　この日、八月二十日はリドゥンの三十八歳の誕生日。

バーガンディ　ブルゴーニュ産の赤ワイン。

八月二十一日（水）〔ペテルブルグ〕

プチャーチン伯爵　エフィム・ワシリエビッチ・プチャーチン（一八〇三—

一八八三)。ロシアの海軍提督。八月十三日にモスクワのデュサックス・ホテルにプチャーチン夫人からリドゥン宛ての手紙が届いた。プチャーチンは日本に関わりのあった人で興味深い。この年から十三年さかのぼる一八五四年には二度日本を訪れ日魯和親条約の締結をおこなった。同年十一月五日には下田の港で乗ってきた鑑船ディアナ号が安政の大津波で沈没した。日本に対して友好的な人物であった。

エルミタージュ　七月三十一日に見学したが、その時は絵画をじゅうぶんに観ることができないのを、キャロルは残念と思っていた。

英国皇太子の……部屋　一年前の十一月、英国の皇太子が妃の妹でデンマーク王女ダーグマーとロシアの皇太子アレクサンドルの結婚式のためにペテルブルグを訪れて、滞在した部屋。

ブルーニ　フィデリオ・ブルーニ(一七九九—一八七五)。ミラノに生まれ、一八〇七年に父親が家族を連れてロシアへ移住、ロシア人に帰化した。

「モーセは荒野でヘビを上げた」　または「モーセは荒野で(青銅の)ヘビを上げ

た」とも言う。旧約聖書「民数記」二十一章四—九節「モーセは青銅で蛇を造り旗竿の先に掲げた。蛇が人を咬んでも、その人が青銅の蛇を仰ぐと命を得た」をテーマにした絵画。エルミタージュ美術館から一八九八年に他の絵画八十点と共にロシア美術館に移され、二〇〇〇年に大掛りな修復がおこなわれた作品。

まだ番号もついていない絵　キャロルの海の絵の描写からはおそらくイヴァン・アイヴァゾフスキーの「恐怖の波」という作品のことであろう、とエルミタージュ美術館からの回答である。一八九八年に国立ロシア美術館が開館したのを記念してエルミタージュ美術館から移された八十点の作品の一つで、現在はロシア美術館にある。アイヴァゾフスキーは海の画家、ヒューマニズムの画家と呼ばれ、波の恐怖と戦う人間の姿に社会の底辺で苦しむ人々を、太陽の光に救いの光を描いている、という。原題は「第九の波」で、ロシア語の第九には、「立ち向かうことのできない、恐ろしいもの」を指す意味がある。

イサーク教会　七月二十八日にも訪れた教会。

ネブスキー　七月二十八日を参照。

ロトゥンロウ　ロンドンの中心部にあるハイドパークの乗馬道。上流人士が馬であるいは馬車で通ることを日課とした。

八月二十二日（木）〔ペテルブルグ：クロンシタット：ペテルブルグ〕

マクスウィニー　クロンシタットに在住の英国人牧師。リドゥンによれば、八月一日にミュア家の食事に同席した。

クロンシタット　七月三十一日参照。

ヒエログリフ　古代エジプトの神官が使った象形文字、絵文字。ニネベでは、古代アッシリア文字が使われた。

ニネベ　古代アッシリアの首都。ニネベの町は、旧約聖書の「ヨナ書」のなかに、町の人々が放埒《ほうらつ》を極め、そのため神はヨナを預言者として送り、ヨナは町中の人々を改心させるという話がある。紀元前六一二年にアッシリア帝国の滅亡で町は廃墟となった。

スケッチして　キャロルは子どもの頃から線描の絵を描き自分で創作した読み物に添えていた。同じオクスフォード大学にいた美術評論家ジョン・ラスキンに自分の絵の評価を求めたことがあるが、本格的に習っても上達の見込みはないと言われた。『不思議の国のアリス』のもとになった手書きの本「地下の国のアリス」には、キャロルが自分で挿絵を描き入れている。絵を描くことについては、七月十三日、八月十五日を参照。

＊キャロルの日記はふつうノートの右頁に書き込まれ、左頁は後からの書き込みに使われていた。スケッチの挿絵は左頁にある。

八月二十三日（金）〔ペテルブルグ〕

いろいろなことをした　リドゥンの日記によれば、二人でオッシニック教授、それからミュア氏を訪ねるがどちらも不在。インペリアル・ライブラリは休館、エルミタージュ美術館の彫刻館も休館。デラノフ氏を訪問するが不在。スモルネイ教会へ馬車で行ったが改修中だった。

トルストイ　ドミトリ・アレクサンドロヴィッチ・トルストイ（一八二三—一八八九）。帝政ロシアの公教育担当大臣（一八六六—一八八〇）、内務大臣。

美しい景観　キャロルの映像的描写の一例。

八月二十四日（土）〔ペテルブルグ〕

アレクサンドル・ネブスキー修道院　七月三十一日にも訪れている。

八月二十五日（日）〔ペテルブルグ〕

神学校　リドゥンによれば、神学校ではどの部屋もイコンが一つあるだけの、簡素なことに非常に心を打たれたという。

日没の輝き　キャロルの映像的描写の一例。八月二十三日参照。

八月二十六日（月）〔ペテルブルグ—列車内〕

アルティスティチェスカヤ・フォトグラフィア　ロシア語で芸術写真家の意味。

ワルシャワまでの……旅　ペテルブルグからワルシャワまで二十八時間かかった。
ハント家の人たち　八月十九日にモスクワで出会ったアメリカ人の一家。
ヴィルナ　現在のリトアニアのヴィリニュス。
旅行用チェス盤　七月二十六日を参照。

八月二十七日（火）〔列車内 ― ワルシャワ〕
グレイハウンド　体高が高くほっそりとした体形で快足、視力が良い猟犬、競争犬。
風呂水が来る　使用人が上の階にある部屋まで運び上げていた。

八月二十八日（水）〔ワルシャワ〕
教会を何か所か　キャロルはどの教会に行ったのかは注意を払っていないが、リドゥンによればいろいろな宗派の教会、カルメル会の教会、聖母マリア訪問修道会の教会、聖十字架教会、聖カシミール教会、ベルナルド派教会、大聖堂（バプテスマの聖ヨハネ）を次々に訪ね、さらにロシア・ギリシャ大聖堂に入ろうとして入れなかった。ホテルで食事ののちに、サクソン庭園とルーテル教会へ行った。この教会でリドゥンは牧師と長いこと話をした。改宗をしてキリスト教徒からもユダヤ教徒からも仲間外れにされているユダヤ人が霊的助けを求めるのに応じて、リドゥンはそれを授けた。

もっとも騒々しく……　キャロルには町の印象がよくなかったようで、リドゥンの日記によれば、早く起きたのに、何をするのか予定がなかなか決まらず、出かけるのが遅くなった。

八月二十九日（木）〔ワルシャワ — ブレスロー〕

ブレスロー　ドイツ様式とロシア様式の混在する町。マレーの『旅行者用案内書』には、「ブレスローは繁栄している綺麗な町でシレジアの首都、人口はプロシャ第二。オーデル川の両岸にある」（四二四頁、一八五〇年版）。

ゴールデン・グース　金のガチョウという名前のホテル。グリム童話に一日一個ずつ金の卵を産むガチョウの話がある。マレーは、「ホテルはゴールデン・ガンス（金のガチョウ）、この土地では最高でしかも良い」と推賞している（四二四頁）。

八月三十日（金）〔ブレスロー〕

控え壁　教会建築で外壁を支えるために外壁から直角に張り出した支えの壁。

マグダラのマリア　パレスチナ北部ガリラヤ湖西岸にあったマグダラ出身で、イエスによって七つの悪霊を追い出してもらい癒された。後に死んで復活したイエスに出会う。

市庁舎　議事堂、法廷、公会堂も入っている建物で、芝居や音楽会の催しもある。

聖エリザベト　洗礼者ヨハネの母エリザベト。

オーデル川　チェコに発しドイツとポーランドの国境を流れてバルト海に注ぐ川。

八月三十一日（土）〔ブレスロー―ドレスデン〕

ブレスロー　「ここには三大修道会のフランシスコ会、アウグスチヌス会、ドミニコ会などの教会がある歴史の宝庫で、滞在を切り上げるのが非常に残念」とリドゥンは日記に書いていた。

ドレスデン　ドイツのザクセン公国の首都。ビクトリア女王の夫アルバートはザクセン公国出身。

九月一日（日）〔ドレスデン〕

教会の音楽　リドゥンによれば、「カトリック修道院教会で守護天使についての説教を初めて聞いた。説教のあとにオーケストラ付きの歌ミサがあり、使徒信条とアーニュス・デイ（神の子羊）の歌が非常に美しかった。

＊八月二十一日付けのガーディアン紙が前日の夕方にホテルへ届いた。新聞にはリドゥンが旅行に出る前に印刷所へ出したバンプトンレクチャー第二版についての論評が出ていた。この改訂版はキャロルも注を調べて手伝っていた。リドゥンは亡くなる一八九〇年までに九回の改訂をおこなった。

九月二日（月）〔ドレスデン〕

システィナのマドンナ　ラファエルの絵画（一五一三―一六年頃の制作）。晩年の傑作といわれる。

手元灯　舞台の上演に合わせて演奏をするオーケストラ席で客席の明かりが消えたとき、譜面台を照らすための明かり。

クロマトロープ　二枚の彩色したガラスの円盤が逆方向に回転して変化に富む形を壁に映し出し、打ち上げ花火のような模様がみえる。幻灯の映写の初めや終わり、あるいは映像と映像の間にクロマトロープを挟んで色彩効果や動きを与えた。

タイム　「時」を擬人化している。

肉あぶり機　台所の炉端でゆっくりと回転させながら羊、子牛、豚などの大きな肉を長時間かけて焼き上げる装置。

九月三日（火）〔ドレスデン―ライプツィッヒ〕

コレッジョ　アントニオ・アレグリ・コレッジョ、十六世紀イタリアの画家（一四九四―一五三四）。コレッジョは出身地にちなむ呼び名。

「ラ・ノッテ」　「夜」。コレッジョのもう一つの作品「昼」の「イル・ジョルノ」という祭壇画と対をなす。ドレスデンのアルテ・マイスター絵画館ではこの絵を「聖夜」と呼んでいる。

＊この日のリドゥンの日記には「キャロルはムリリョを好んでいない」とあるが、七月三十一日を参照。

批評家としての私の地位　キャロルはもちろん批評家ではない、読み手もそれを知っている、そこでこのような気取ったことを言ってみる。

ライプツィッヒ　ドイツ中東部サクソニー州の都市。古来、出版と音楽活動の中心地。リドゥンは、偉大なライプニッツ（哲学者、数学者）を称えたい、と書いている。

九月四日（水）〔ライプツィッヒ―ギーセン〕

ルター　マルチン・ルター（一四八三―一五四六）。ドイツの宗教改革者でプロテスタントの祖といわれる。ドイツ語訳の聖書を作った。

エック　ヨハン・エック（一四八六―一五四三）。ドイツのカトリック神学者。ルターの論敵。

大神学論争　一五一九年に法王および教会会議の不可謬性についてルターとエックの間でおこなわれた神学論争。

ブロイル　上火で焼く調理。ボイルは茹でる調理。

九月五日（木）〔ギーセン―エムズ〕

エムズ　マレーの『旅行者用案内書』には、「エムズは女性向きの湯治場である。この地の水は特に婦人の病に効果がある。閑静な所だが値段は高すぎる。公設の賭博台はあるがあまり利用はない」と出ている。

ヒース　へザーともいう。イギリスの荒れ地に群生する低灌木。赤紫の細かい花を夏から秋にかけて付ける。

イトシャジン　英名には「野ウサギの鈴」の意味がある。釣り鐘形をした小さい青色の花をつける野草。

古城　キャロルの叙景の一例。他に九月六日のビンゲンを参照。

ホテル・ドゥ・アングルテール　マレーによれば、「主としてイギリス人向けのホテル、そのために値段はかなり高い」（四九四頁）。

赤と黒　キャロルの観察描写の一例。ブラッドショーの『ヨーロッパ旅行案内』（一八六七年版）もキャロルの描写と一致して、「赤と黒の賭博には、ある種の階層の旅行者が集まり、大胆に際限なく金を賭けているのは驚異である。運が向いてくると、プリンセスが、あるいはカウンテスが、自分のナポレオンたちを赤あるいは黒に賭けさせて、その道の達人らしく冷静に降伏させ、取り分を手元にかき寄せる、という光景は珍しくない」（三三三頁）。プリンセスやカウンテス（伯爵夫人）は賭博に長けた女性を指している。赤と黒は賭けに使う札の色。

九月六日（金）〔エムズ―ビンゲン〕

急なことであったが　リドゥンによれば、「朝十時十五分の列車でエムズを発ち十時四十五分にオーベルラーンシュタインに着き、そこで一時間以上待たされた末、蒸気船でライン川をビンゲンまで行った。川沿いの景色がすばらしい。」

ライン川を……ビンゲンまで　キャロルの叙景の一例。マレーの『旅行者用案内書』はビンゲンまでのライン川の景色について、「コブレンツのすぐ上流で周辺の山々はライン川にせまり川は狭い渓谷を流れてビンゲンまで続く。山々の黒い影、数多くの廃墟となった中世の城、城壁と櫓のある町などは美しい景色のなかでも過去の歴史とロマンと騎士道精神を思い起こさせる不思議な魔力をもっている」と描写している（二八四頁）。この日はビンゲンに泊まる。

翌朝早くパリへ　リドゥンによれば、九月七日朝五時半に起き、七時十分の列車でビンゲンを発つ。旅行日和。前夜の強い雨で埃が落ち着いていた。

＊九月七日の日付の記録はなく、六日の項に続けて書いている。

九月八日（日）〔パリ〕

アーチャー・ガーニー　英国国教会の牧師。この時はパリのシテ・ルチロにあった教会裁判所の牧師をしていた。

ウォッダム・コレッジ　オクスフォード大学の学寮の一つ。ニコラス・ウォッダムの遺言で一六一二年に創立された。

ディネ・ヨーロピェン　現在もパリにあるレストラン。

九月九日（月）〔パリ〕

博覧会　一八六七年四月一日から十一月まで開催されたフランス初のパリ博覧会。

カローニ（?—一六一二）。スイスで生まれフローレンスに住んだ画家。

ラムール　ヴァンクール　ドゥ　ラ　フォルス　愛の使いのキューピッドが子どもライオンと戯れている。

エスクラーヴ　オ　マルシェ　市場の奴隷。

「オフィリア」　パリ博覧会におけるカローニの受賞作。
ラ・ファミーユ・ブノワトン　ブノワトン家。

九月十日（火）〔パリ〕
チャンドラーとペイジ　ヘンリー・ウィリアム・チャンドラー（一八二八―八九）、トマス・ダグラス・ペイジ（一八三六―八〇）はどちらもオクスフォードのペンブローク・コレッジ出身でチャンドラーは倫理学と形而上学の教授、ペイジはフェロー、後に法学と神学の講師となる。
＊リドゥンの日記では、「朝食後、お金の問題を精算して共通の資金を廃止した」。以後、キャロルとリドゥンは別行動となる。

九月十一日（水）〔パリ〕
ルーブル　パリに着いて以来リドゥンと泊まっていたホテルの名前。ブラッドショーの『ヨーロッパ旅行案内』では「ルーブルはグランド・ホテルと共にパリの二大ホテル、宿泊客を多数収容できる」。

ハント夫人　八月二十六日の注を参照。

オテル・デ・ドゥ・モンド　キャロルが新しい宿泊先に選んだこのホテルのことは、ブラッドショーには、「快適、清潔、料金の点で第一級」（一八六七年七月号）と出ている。名前の意味は「両世界ホテル」。ここに二泊する。リドゥンの方はオテル・ドゥ・ルーブルにそのまま滞在する。

九月十二日（木）〔パリ〕

半フラン　当時の一フランは現在のおよそ三九六円。

博覧会場へ　会場内でリドゥンに出会った。夕食時にリドゥンはキャロルの泊まっているホテルに来ていっしょに食事をした。この日リドゥンは午前中にノートルダム大聖堂へ行き聖歌隊席後ろにある礼拝堂でキリスト受難の「遺品」を見てきた。

九月十三日（金）〔パリ―カレー―ドーバー〕

セーブル　パリ西郊外の町名。

私にはわからないフランス語　修道女の流暢なことばの要旨を理解し駆け引きに成功している。キャロルは旅行前の六月二十四日の日記には次のように書いている。「パリの博覧会に行ってみたいと思い、フランス語の四回目のレッスンに行ってきた」。

午前二時頃に　日付は九月十四日に変わる。

月食　一八六七年九月十四日付タイムズ紙によれば、「月食は九月十三日二十二時五十七分に始まり午前零時二十六分に最大となり一時五十五分に元に戻った。この夜ロンドンおよびヨーロッパは快晴に恵まれ、人々は公園や広場などに出て月食を観た」。キャロルは月食が終了して間もない九月十四日午前二時頃にパリからカレーの港に到着した。

灯台　一八四三年にできたサウス・フォアランド灯台。

白亜の絶壁　英仏海峡に面して上部白亜系の泥灰質堆積岩。チョーク質の白亜の崖が連なる。ことばの不自由な二か月の外国旅行の後に母国を目にする感動を味わっている。キャロルの叙景の一例。

＊早朝にドーバーに着いたキャロルは、そのままロンドンへ向かう。パリでホテルを移って分かれた後にもキャロルとリドゥンは会って食事をしていたが、パリからの帰路は別行動で、リドゥンは十三日の朝、パリから鉄道でカレーに向かい、ひと足早く帰国した。キャロルの方はパリに残って、かねてより探していた足の疼痛に効く軟膏を手に入れて、同日の夜、パリからカレー、そして九月十四日未明にドーバー海峡を渡りイギリスへ帰ってきた。

ルイス・キャロルはロシア旅行から八年後に次の詩を書いている。

ロシア語　数あそび

お昼は　一時（それ、「アヂーン」）
みるもの　たくさん　味韻文
二時には（これ、「ドゥヴァー」）
馬車で　ドーヴァー　ドゥライヴ。
三時になると（「トゥリー」）
ぐったり　くたりぃ
こうして四時には（「チトゥィーレ」）
ひどく　みじめで　ちと　嫌で。
五時の時計が鳴ったとき（「ピャーチ」）

A Russian's Day in England

"Lunch at one (that's "adîn")
As there's lots to be seen-
At two (which is "dvâ")
We set out on the car.
Three o'clock (that is "trî")
Found me tired as could be
And by four (that's "chetîrî")
I felt terribly dreary:
So when five struck (that's "pyât")

元気　すっかり　ピャーニッシモ
六時（シェースチ）
ため息ついて「遠い東へ」シエースタ！
七時には（「スィェーミ」）
垂涎の食事済ませに　戻りけむ。
八時には（ヴォーシム）
子どもたちよ、ぼうっとせむ、もうおやすみ。
夕食　九時で（ジェーヴェチ）
もりもり食べて　じゃ　ばっちり。
十時に　ベッド（ジェーシェチ）
浮かぬ顔して　じぇぁ　承知。
おしまい。
さて　もしや
グェンドーレン・セシル様には

I was quite out of heart.
At six (that is "shaiot")
I sighed "Oh for the <u>far</u> East!"
At seven (called "sêm")
Home to dinner we came.
At eight (that is "vosem")
Called the children, to dose 'em
Supped at nine (that is "dyavat")
A meal that I'm brave at.
Bed at ten (that is "dyasat")
Which I made a long face at.
Finis.
Now, if it's any
Advantage to Lady Gwendolen Cecil

なにごとか　お覚えなされば
得ることの　有るものならば
わたくしどもが　ロシア語を
どんな具合に発音するか
読ませましょうぞ　暇ひまに
ロシア英語のこの詩行

一八七四年十一月十三日　CLD

To Remember how Russ
Is accented by <u>us</u>,
Let her read, at odd times,
These Russ-Anglican rhymes.

Nov. 13/74　CLD

謝辞

翻訳には長い年月がかかりました。この間にお世話になりました方々へお礼を申し上げます。

田島松二先生には、出版の希望をお話したところ、出版社を紹介してくださり終始変わらない励ましをいただきました。厚くお礼を申し上げます。後輩や若い研究者の方々に対する田島先生の積極的な応援の姿勢を拝見しますと、人を育てるということにたいへん情熱をお持ちでおられて、非常に感銘と驚きを覚えました。下訳をていねいにお読み下さり、「原文に忠実ということも大事でしょうが、読む人に分かる、ということも心がけて」と仰っていただきました。

細井勉先生には、訳者にとって未知のプロシャ、ロシアを中心に多くの知識を提供していただきました。翻訳という作業に対して、先生の熱意あふれる姿勢を拝見することがなければ、書き散らしただけで終わってしまったことと思います。ロシア語の解読には多くの御教示をいただきました。とりわけプチャーチンの名前と日本の関わりについての御教示を細井先生からいただきました。また同じ本のドイツ語訳を取り寄せて挿絵のことをお知らせくださり、挿絵を転載することができました。

この翻訳は「序にかえて」のなかでふれたキャロルの手書きの日記をプリンストン大学図書館からマイクロフィルムで取り寄せ、それに基づいています。著作権は、A・P・ワッツ社を代行社とするドジスン・ファミリー・エスティトにあり、ワッツ社から許可を受けました。亡きフィリップ・ドジスン・ジェイクス氏の後を継いだ、キャロライン・ルーク女史、エリザベス・ミード女史の快諾に謝意を表します。また、キャロルの優れた伝記作者アン・クラーク・アモー、キャロルを取り巻く人物像をきめ細かく調査したモートン・コーエンの著作に数知れない教示を受けました。著作を通して、私信を通して、直接に会って、おふたりから受けた御厚意が力になりました。

ドイツ語については松永知子先生にお世話になりました。フランス語については山本卓先生に、ロシア語は三田譲先生、ロシア人のボーリン・ユーリー氏に、ギリシャ語は細井先生に、ラテン語は故アイヴァ・ディヴィーズ氏にお世話になりました。それぞれの先生からはいつも快くお教えいただきまして、厚くお礼を申し上げます。

固有名詞の訳語については、できるだけ努力しましたが、じゅうぶんでないところがあると思います。ロシア語の最終確認は、ロシア人のボーリン・ユーリー氏にみていただきました。

ロンドンに在住で大英図書館に勤務しておられた牧田健二氏には資料収集のうえでお世話になりました。特に、ジョン・マレーの旅行案内書、ビーデッカーの旅行ガイド、一八六七年のパリ万博の資料、当時の新聞記事などを探し出していただきました。ロシア旅行記は、もともとキャロルが入れた四つの線描画のほかには絵のない日記でしたが、本書には次の所から許可をいただいて、画像を掲載することができました。ここに感謝して記します。

出版社エディティオン・テルティウム社のキャロルのドイツ語訳『ロシア旅行記』から挿絵を二十二枚転載しました。

プリンストン大学図書館には、特別・希少コレクション「モリッシュ・パリッシュ・コレクション」のなかのキャロルの日記手稿本「旅行記　一八六七年」のマイクロフィルム、並びに手稿本のなかの一頁を写真で本文中に、また同じ頁のキャロルが手描きした挿絵部分をカバー裏に使用する許可をいただきました。複写担当のアナリー・ポールズ女史にはいろいろとお世話になりました。

リドゥンの肖像画二枚はロンドンのナショナル・ポートレート・ギャラリー所蔵で、ジョージ・リッチモンドによる木炭画はロシア旅行の前年の一八六六年制作です。

エフィム・ワシリエヴィッチ・プチャーチンの肖像画については、沼津市戸田造船郷土資料博物館の池谷信之氏、富士市立博物館の渡井義彦館長にお世話になりました。

キャロルが旅行中にみた絵画のうち、サンクト・ペテルブルグの国立エルミタージュ美術館から三点を入れました。許認可部門の責任者エレーナ・オブホヴィッチ女史には一方ならぬお世話になり感謝致します。特に、題名も作者も不明の絵を、キャロルの描写をもとにして探し出し、イヴァン・アイヴァゾフスキーの描いた「恐怖の波」（ロシア語では「第九の波」）であることを突き止めて下さいました。キャロルはこの絵をエルミタージュ美術館で見ていましたが、一八九八年にロシア美術館が開館する際に、他のロシアの絵画八十点と共に移されて、現在はロシア美術館が所蔵しています。オブホヴィッチ女史からはさらに、キャロルの時代には「聖母の被昇天」と呼ばれていたムリリョの絵が、その後「無原罪の御宿り《おんやど》」という題名になっていることも聞きました。

国立ロシア美術館からはキャロルがエルミタージュ美術館でみたロシア人画家による絵画二点が入りました。担当者がロシア語しか通じない方だったことによりキャロルと同じようなことばの不自由を味わいました。

ドレスデンの国立美術博物館アルテ・マイスター絵画館からは二つの絵画が入りました。キャロルが「ラ・ノッテ」と呼んでいる作品は、この絵画館の「聖夜」という題名の作品です。画像の許可についてはステッフィ・レー女史にお世話になりました。

「三本の手を持つ聖母子像」は、遠い中世の僧院にも似た所で制作されたイコンで、米国の大学で人類学を担当しておられるレイモンド・バッコゥ神父が、特別に許可を得て下さいました。

その他、ロシアの黒パンについてはエレーナ・オブホヴィッチ女史を通じて、サンクト・ペテルブルグにあるパンの博物館から「十九世紀の黒パン」はこのようなものという画像をいただきました。明石羊子氏からはライ麦パンを焼いていただきました。キャロルが古城の描写で用いたヘザーの丘はゴードン・リチャードスン氏、ヘザーの花とイトシャジンの写真は、それぞれハワード・ブラッキー氏、ジョン・クレリン氏の提供です。彩りを添えるクロマトロープは、オランダのハンク・R・A・ロゥ氏の写真です。ロシアおよびライン川沿いの版画は訳者の所蔵するものを使用しました。

開文社出版の安居洋一氏にはご苦労をおかけしてたいへんお世話になりました。思えば、今は亡き郡司利男先生には、学生時代に『不思議の国のアリス』の英語の読みを厳しくご指導いただいておりました。キャロルに興味を持ったきっかけは、夫が揃えていた書物を通して、特にモートン・コーエン氏編集の『ルイス・キャロルの書簡集』の脚注に惹かれたことからでした。

たくさんの方々のご指導とお力添えに恵まれて本の形になることに、心から感謝致します。

キャロルの旅行から一四〇年のちの春

笠井　勝子

画像・写真　所蔵一覧

シュトゥットガルトのエディティオン・テルティウム社のドイツ語訳『ロシア旅行記』

「表紙カバー絵」『ロシア、国と人々』二巻　ヘルマン・ロスコスキー編、ライプツィッヒ出版社、（一八八二―一八八四）。

「ケルン大聖堂内部」Ｃ・ワイルド、一八八七年頃、ケルン市立博物館（写真ライン画像資料集）。

「ポツダムの庭園」　ヴクトル・ティソー画『北ドイツの名所旧跡』、パリ、一八八五年。

「ダンツィッヒの大聖堂内部」　フリードリッヒ・フィッシャー編　『ダンツィヒ』、ベルリン、ハーレンゼー、一九二四年。

「ペテルブルグのイサーク大聖堂内部」　ピョートル・アルタモフ画　『歴史および記念碑と絵画よりみたロシア』二巻、パリ、一八六二―六五年。

「ペテルブルグのネブスキー大道り」　同右。

「要塞のなかの聖ペテロ・聖パウロ大聖堂」　同右。

「ロシア正教の結婚式」　同右。

「モスクワのクレムリンのイワン・タワー」　同右。

「水の祝福の日の大行列」　同右。

「ロシアの農夫」　同右。

「ロシア人の馭者」　同右。

「クロンシタット沖合の停泊地」　同右
「教会で儀式の行列」　ヘルマン・ロスコスキー編、『ロシア　国と人々』二巻、ライプツィッヒ出版社、

（一八八二―一八八四）。

「ペテルブルグの冬宮殿」　同右。

「女子修道院内部」　同右。

「馬の引く乗物と宿駅」　同右。

「モスクワ近郊のトロイシェ・セルギエフ大修道院」　同右。

「モスクワの聖母被昇天教会」　同右。

「モスクワのクレムリン」　ドイツ語訳『ロシア旅行記』の表紙カバー絵より。

「ブレスローの市庁舎と広場」　Th・ブルターバウアー画、一八五〇年頃、ニュールンベルグのゲルマン
民族博物館。

「ゴアルスハウゼン付近のライン川風景」　ウィリアム・タンブルゾン画『タンブルゾンのラインの風景』、
ロンドン、一八八二年。

プリンストン大学図書館ファイアストーン蔵書特別希少コレクション、モリス・パリッシュ・コレクショ
ン、ルイス・キャロルの手稿本「旅行記　一八六七年」
「カバー裏の図」。ルイス・キャロルの線描図の写真。

「キャロルの日記手稿本の一頁」の写真。

ナショナル・ポートレート・ギャラリー

「ヘンリー・パリー・リドゥン」 ルイス・キャロル撮影。

「ヘンリー・パリー・リドゥン」（七十五頁） ジョージ・リッチモンド画、一八六六年、木炭画。

ロンドン・ライブラリ

「マレーの旅行者用案内書 一八六五年」 牧田健史撮影。

沼津市戸田造船郷土資料博物館

「エフィム・ワシリエヴィッチ・プチャーチン」 油彩画。

聖像

「三本の手をもつ聖母」 ウィリアム・マックニコルズ神父画。

国立エルミタージュ美術館

「無原罪の御宿り」 ムリリョ、油彩画。

「ヤコブの夢」 ムリリョ、油彩画。

「狩人の処刑」 ポール・ポター、油彩画。

国立ロシア美術館（サンクト・ペテルブルグ）

「青銅のへび」　フィデリオ・ブルーニ、油彩画。

「恐怖の波」　イヴァン・アイヴァゾフスキー、油彩画。


ドレスデン国立美術博物館アルテ・マイスター絵画館

「聖夜」　コレッジョ、油彩画。

「システィナのマドンナ」　ラファエル、油彩画。

その他の画像

「クロマトロープ」、「ディスク」、「ディスクとディスクボックス」　ハンク・R・A・ロゥ（オランダ）。

「ロシアの黒パン」　パンの博物館（サンクト・ペテルブルグ）。

「ライ麦パン」　明石羊子。

「ヘザーの丘」　ゴードン・リチャードスン（南アフリカ共和国）。

「ベル・ヘザー」　ハワード・ブラッキー　（イギリス）。

「イトシャジン」　ジョン・クレリン　（イギリス）。

「スターレット」『ハムリン　ブリテンとヨーロッパの淡水魚ガイド』キース・リンゼル。

版画（訳者所蔵）

「ピョートル大帝乗馬像」　D・ビドゥゴショイ画、A・H・ペイン彫、スチール版画、一八四〇年頃。手彩色。

「ペテルホフの宮殿と庭園」　バルクレ画、ラプラントゥ彫、木版画、一八七八年、手彩色。

「モスクワ」　ルアルグ画・彫、スチール版画、一八五三年、手彩色。

「モスクワの聖ワシーリー大聖堂」　D・ビドゥゴショイ画、A・H・ペイン彫、スチール版画、一八四〇年、手彩色。

「ラインフェルス城とザンクトゴアール」　W・H・バートレット画、T・A・プライア彫、スチール版画、一八四二年。

「シェーンベルク城とオーバーヴェーゼル」　W・H・バートレット画、A・ル・プティ彫、スチール版画、一八四二年、手彩色。

版権消滅の画像

口絵　ルイス・キャロル　セルフ・ポートレート写真、『ルイス・キャロルの生涯と手紙』S・D・コリングウッド、一八九八年。
口絵　ワシーリ・ミハエロヴィッチ・ドロツロフ・フィラレート肖像画、ウィキペディア。

使用テクスト

Tour 1867 Microfilm, Princeton University Library.

参考文献

The Russian Journal – II, A Record kept by Henry Parry Liddon of a Tour taken with C. L. Dodgson in the Summer of 1867, Morton N. Cohen ed., The Lewis Carroll Society.

The Russian Journal and Other Selections, Lewis Carroll, John Francis McDermott ed., E. P. Dutton, 1935.

Lewis Carroll Tagebuch einer Reise nach Ruchland im Jahr 1867, Russische Bibliothek, edition tertium, 1997.

Lewis Carroll's Diaries vol. 1 – 7, Edward Wakeling ed., The Lewis Carroll Society, 1999.

Novelty and Romancement, Lewis Carroll, B. J. Brimmer, 1925.

The Life and Letters of Lewis Carroll, Stuart Dodgson Collingwood, 1899.

Life and Letters of Henry Parry Liddon by John Octavius Johnston, 1904.

Lewis Carrol, A Biography, Anne Clark, Dent, 1979.

The Princeton University Library Chronicle, Parrish Collection II, 1956.

The Letters of Lewis Carroll, 2 vols. , Morton Cohen ed. 1979.

Lewis Carroll As I Knew Him, Isa Bowman, 1979, Dover Publications.

Lewis Carroll Handbook, Williams & Madan & Green, revised by Denis Crutch, 1979, Dawson.

The History of the University of Oxford Volume VI, Nineteenth-Century Oxford, Part I, Ed. by M. G. Grock and M. C. Curthoys, Clarendon Press, 1997.

The Encyclopaedia of Oxford, Christopher Hibbert ed.,1988, Macmillan.

London Encyclopaedia, 1983. MacMillan.

Handbook for Travellers in Russia, Poland, and Finland. John Murray, 1865.

Carte Routiere de la Russie Centrale, John Murray, London, 1865.

'The Visit of the Belgians', *The Times*, July 13, 1867. *Bradshaw's Monthly Continental Railway,*

Steam Transit, and General Guide for Travellers through Europe, No. 242, July 1867.

Bradshaw's Map of Europe, 1867.

Thomas Cook European Timetable, 2004.

Paris Universal Exhibition, 1867, Complete Official Catalogue, J. M. Johnson and sons, London and Paris. 1867.

Paris and Its Environs, Handbook for Travellers, K. Baedekker, 1878.

British Naval Policy in 1878, Arthur J. Marder, The Journal of Modern History, University of Chicago, 1940.

I See All: The world's First Picture Encyclopedia, 5 vols., Arthur Mee ed. (1st print without date).
The Works of Lewis Carroll, Spring Books, Paul Hamlyn Ltd., 1965.
A Social History of Tea, Jane Pettigrew, The National Trust, 2001.
Language, David Christal, Cambridge, 1987.
The Times, 13 July, 1867. 15 July, 1867. 14 September, 1867.
A History of Jewish Costume, Alfred Rubens, Crown Publishers, Inc. New York.
The Hamlyn Guide to Freshwater Fishes of Britain and Europe, Peter S. Maitland, illustrated by Keith Linsell, Hamlyn, London. 1977.

『ロシア・ソ連を知る事典』　川端香男里他監修、平凡社、一九九一年。
『ディアナ号の軌跡－日露友好の幕開け』　富士市立博物館、平成十七年。
『世界地図風俗体系 XI』　仲真摩照久、新光社、昭和六年。
『西洋美術解読事典』　ジェイムズ・ホール、河出書房新社、一九八八年。
『キリスト教シンボル事典』　ジェニファー・スピークス、大修館書店、一九八七年。
『キリスト教美術図典』、柳宗玄・中森義宗編、吉川弘文館、一九九〇年。
『ブルーワー英語故事成語大辞典』　大修館書店、一九九四年。
『パリ歴史事典』　アルフレッド・フィエロ、白水社、二〇〇〇年。

訳者略歴

笠井　勝子（かさい　かつこ）
1942年生まれ。青山学院女子短期大学から明治学院大学、同大学院、文学修士。活水女子短期大学、文教女子短期大学部を経て、文教大学文学部教授。
「12人の研究者が読む『不思議の国のアリス』朗読テープ」（洋販出版）と、*Lewis Carroll Studies*（日本ルイス・キャロル協会）の編集。『不思議の国の“アリス”』（求龍堂）と、『不思議の国のアリスの誕生』（創元社）の監修。

不思議の国
ルイス・キャロルのロシア旅行記　（検印廃止）

2007年5月25日　初版発行

著　　者	ルイス・キャロル
訳　　者	笠井勝子
発行者	安居洋一
印刷・製本	モリモト印刷

〒160-0002　東京都新宿区坂町26
発行所　開文社出版株式会社
TEL 03-3358-6288　FAX 03-3358-6287
www.kaibunsha.co.jp

ISBN 978-4-87571-991-5　C1098